Constant von Wurzbach

Joseph Haydn und sein Bruder Michael

Zwei bio-bibliographische Künstler-Skizzen

Constant von Wurzbach

Joseph Haydn und sein Bruder Michael
Zwei bio-bibliographische Künstler-Skizzen

ISBN/EAN: 9783743627598

Hergestellt in Europa, USA, Kanada, Australien, Japan

Cover: Foto ©Raphael Reischuk / pixelio.de

Weitere Bücher finden Sie auf **www.hansebooks.com**

Joseph Haydn

und

sein Bruder Michael.

Zwei bio-bibliographische Künstler-Skizzen.

Wien.

Aus der kaiserlich-königlichen Hof- und Staatsdruckerei.

1861.

Joseph Haydn

und

sein Bruder Michael.

Zwei bio-bibliographische Künstler-Skizzen.

Wien.

Aus der kaiserlich-königlichen Hof- und Staatsdruckerei.

1861.

Vorwort.

Bereits zwei Heroen der Tonkunst meines Vaterlandes, Beethoven und Gluck, habe ich in solcher Weise bearbeitet, wie hier
beide Haydn folgen. Bei Joseph Haydn fügt es sich auch so
glücklich, daß meine Arbeit eine Festgabe zur 130. Jubelfeier seiner
Geburt — zum 31. März 1862 — bilden kann. Mit Ausnahme
zweier erst in neuester Zeit herausgegebenen Arbeiten, u. z. Karajan's „Haydn in London" und Riehl's „Charakteristik der
Sonaten Haydn's", in der zweiten Reihe seiner „musikalischen
Charakterköpfe" — erstere eine gediegene auf Grund bisher unbe-
kannter Briefe Haydn's gearbeitete Monographie, seines Lebens
denkwürdigsten Zeitraum darstellend, letztere ein Meisterstück musikalischer Kritik des auch als Culturhistorikers mit Recht gefeierten
Verfassers der „Hausmusik" — ist seit etwa einem halben Jahr-
hundert nicht viel von Bedeutung über beide Haydn erschienen.
Das was ich bringe — ohne für meine Schrift eine Bedeutung
beanspruchen zu wollen — ist ein eigenthümlicher, ganz und
gar nicht musikalischer und doch nur für Musiker geschriebener
Beitrag, von dem ich erwarte und wünsche, daß er allen Verehrern Haydn's — und deren Zahl ist zum Glücke nicht klein
— ein willkommener sei. Ein solcher wird darin manches finden,
was er schon weiß, vielleicht noch mehr was er nicht weiß,
vielleicht gar nicht wußte oder schon wieder vergessen hat. Also

1 *

immer dürfte ihm meine mit Liebe und Bewunderung für die beiden großen Meister der Töne unternommene Arbeit einige Dienste leisten. Ich bitte also um nachsichtige Aufnahme. Dann vielleicht füge ich dem musikalischen Kleeblatte Beethoven, Gluck, Haydn seiner Zeit noch ein Blättchen bei: Mozart. Wahrhaftig ein vierblättriges Kleeblatt in der Geschichte einer Kunst, welches nur das schöne Oesterreich — hier ist nicht das Doppelerzherzogthum gemeint — aufzuweisen hat.

Wien am 62. Jahrestage der Abreise Haydn's nach London.

Dr. Constant von Wurzbach.

Inhalt.

Franz Joseph Haydn.

Geboren zu Rohrau in Niederösterreich am 31. März 1732, gestorben zu Wien am 31. Mai 1809.

Vier Namen sind es, welche in der Geschichte der Musik als Sterne ersten Ranges glänzen: Beethoven, Gluck, Haydn und Mozart; die ersten zwei gehören durch ihr Wirken, die letzten zwei durch dieses und auch durch die Geburt dem österreichischen Kaiserstaate an. Alle, nur der Eine nicht — und dieser Eine ist unser Haydn — haben ihre Biographen gefunden, Beethoven mehr als Einen; die Werke, die über ihn geschrieben worden, ich nenne nur Lenz, Dulibischeff, Schindler, nehmen bald ein Fach ein im Schranke musikalischer Werke; Gluck hat der wackere Schmidt ein Ehrendenkmal mit seiner Schrift über den alten Meister gesetzt, überdieß füllten die Schriften über Gluck allein bald einen vollen Schrank; dem großen Mozart aber widmete ein deutscher Gelehrter die unausgesetzte Thätigkeit mehrerer Jahre, und in der That, Otto Jahn's Werk über Mozart ist ein Monument, in seiner Art ebenso unvergänglich wie jenes, das in Salzburg steht, von Schwanthaler's Meisterhand gegossen. Nur unser Haydn, alphabetisch in diesem vierblättrigen Kleeblatte der Dritte, aber unstreitig nach seinen Schöpfungen Allen voran, der Erste, der eine neue Aera in der Musik eröffnete, und in einzelnen Gebieten dieser Kunst ein bisher unerreichtes Muster, ich nenne nur beispielweise die Sonaten und die Symphonien, nur unser Haydn

harrt noch seines Otto Jahn, und bei der Seichtigkeit und Verschwommenheit, welche im Gebiete der Musik zur Zeit herrscht, ist es gar nicht abzusehen, wann Jemand der großen Mühe sich unterziehen wird, diesen Heros der musikalischen Anmuth, diesen König des Humors in der Musik gründlich zu studiren und darzustellen. Der Verfasser der folgenden Blätter hat sich eine engere, wenn eben nicht leichte Aufgabe gestellt. Es galt ihm zuvörderst das hie und da zerstreute, wenn gerade nicht massenhafte, aber nichts weniger als spärliche Materiale zu überschauen, zu sondern, zu gruppiren und so dem künftigen Biographen Haydn's und Verfasser eines thematischen Verzeichnisses seiner Compositionen eine Vorarbeit zu bieten, die Jeder, der sich mit solchen Arbeiten beschäftigt, ihrer Mühe nach zu würdigen wissen wird. Im Folgenden nun meine Arbeit mit einer einfachen, nur das Thatsächliche darstellenden Lebensskizze eröffnend, reihe ich daran in XVI bald kleineren, bald größeren Abschnitten einen kleinen Schatz von Einzelheiten, der wohl den Verehrern des großen Tonheros willkommen sein dürfte.

Die Angaben von Joseph Haydn's Geburtstag lauten verschieden; man findet den 30. März, den 31. März und auch den 1. April; der 30. März ist völlig unrichtig, die Angaben des 31. März und 1. April, welch' letzterer auch im Taufprotokolle verzeichnet steht, aber von Haydn selbst öfter als unrichtig bezeichnet wurde, dürften sich wohl durch die in der „Gallerie der berühmtesten Tonkünstler" (Erfurt 1816, Karl Müller, kl. 8⁰.) S. 79, gegebene Bemerkung: „geboren in der Nacht vom 31. März" auf den 1. April erklären lassen. Haydn war das älteste Kind aus seines Vaters Mathias, eines Wagners von Profession, erster Ehe mit Maria Koller; auch das älteste von 14, nicht wie es in Ersch und Gruber's „Encyklopädie", II. Section, 3. Theil, S. 245, sieht, von 20 Geschwistern; ein Bruder Johann Michael's, des berühmten Kirchencomponisten [siehe diesen S. 40] und Johann's Evangelist (geb. 23. December 1743, gest. 20. Mai 1805), der als Sänger in fürstlich Esterházy'schen Diensten stand. Die armen Eltern konnten wenig für die Erziehung ihrer Kinder thun, und Franz Joseph, oder wie er gewöhnlich einfach genannt wird, Joseph, brachte die Kinderjahre im Vaterhause zu. Der Vater selbst besaß eine gute Tenorstimme, hatte auf seinen Wanderungen in Frankfurt a. M. etwas die Harfe spielen erlernt und setzte nach gethaner Arbeit seine anspruchslosen musikalischen Uebungen fort. Dieß waren die ersten musikalischen Eindrücke, die Joseph im Elternhause empfing, deren er aber noch im hohen Alter mit inniger Freude gedachte. Der Schullehrer des Ortes hatte bei diesen Familienconcerten bemerkt, daß der kleine Joseph mit auffallender Richtigkeit den Tact einhielt, und rieth den Eltern, ihren „Sepperl" (im österreichischen Dialect das Diminutiv für Joseph) nach Haimburg in die Schule zu schicken. Die Eltern, die es immer wünschten, ihr Sohn möchte ein Geistlicher werden, gingen auf den Vorschlag ein und Joseph kam zum Schulrector nach Haimburg. Dort erhielt er

Unterricht in den Elementargegenständen und in verschiedenen Blas- und Streichinstrumenten. Als einst der Wiener Domcapellmeister Reuter den Dechanten von Haimburg besuchte und im Gespräche fallen ließ, daß er auch Chorknaben suche, fiel diesem der kleine Haydn ein, dessen Glockenstimme ihm in der Kirche längst aufgefallen war. Joseph wurde herbeigerufen, und als er das Probestück, einen Triller zu schlagen, nach ein Paar Versuchen glücklich löste, nahm ihn Reuter als Chorknaben bei St. Stephan auf, und alsbald vertauschte Joseph Haimburg mit dem Capellhause bei St. Stephan in Wien. Nun begannen Haydn's Lehr- und Leidensjahre. Als Chorknabe erhielt H. anfänglich jenen Unterricht, den er in seiner Eigenschaft nöthig hatte; als er in kurzer Zeit das Nöthige sich angeeignet hatte, trat im Unterrichte ein dauernder Stillstand ein. Reuter bekümmerte sich wenig um seine Zöglinge, und obwohl Haydn über seinen Lehrer in der spätern Zeit nie klagte, ist es doch aus einigen seiner harmlos hingeworfenen Aeußerungen zu errathen, daß sein Lehrer an ihm nicht wie er sollte gehandelt, und daß Haydn's Tage als Chorknabe eben nicht rosig waren. Schon als solcher versuchte sich H. in der Composition, und eine im Jahre 1742 — also im Alter von 10 Jahren — für Singstimmen componirte Messe fand er im hohen Alter unter seinen Papieren auf und hatte eine große Freude darüber. Reuter hatte — um Haydn's Glück zu gründen — die löbliche Absicht, ihn zum Castraten zu machen (!), und deßhalb schon bei Joseph's Vater angefragt, der aber sich sogleich nach Wien auf den Weg machte, um dieses Unheil zu verhüten. Da H. mutirt hatte und also als

Chorknabe von Reuter nicht mehr verwendet werden konnte, wurde er entlassen. Joseph zählte nun 16 Jahre und stand allein in der Welt. Kümmerlich mußte er sich forthelfen durch Unterrichtgeben in Musik, durch Mitspielen in Chören und Orchestern. Er bewohnte damals ein armseliges Dachstübchen im Hause 1220 am Michaelerplatze, im nämlichen, in welchem Metastasio wohnte. In seinem Verschlage unter dem Dache studirte H. die Nacht über Bach's Sonaten, nachdem er schon früher Matheson's „vollkommenen Capellmeister" und Fuxen's „Gradus ad Parnassum" durchgearbeitet hatte. Als Metastasio von dem jungen Musikus in der Dachstube, der an seinem alten wurmzerstochenen Spinett sich übte, erfahren hatte, wählte er ihn, um dem Fräulein Martinez, das Metastasio erziehen ließ, Gesangunterricht zu ertheilen. H. erhielt dafür freie Kost. Bei Metastasio lernte H. auch den alten Maestro di Capella Porpora kennen. Dieser unterrichtete die Geliebte des venetianischen Gesandten Correr im Gesange. Die Begleitung am Piano übertrug Porpora an Haydn, nahm ihn auch, als Correr mit seiner Dame nach Mannersdorf in's Bad reiste und Porpora folgte, dahin mit, wo H. bei Porpora Bedientendienste zu verrichten hatte, an Correr's Officiantentafel speiste und monatlich 6 Ducaten Honorar erhielt. Das waren die Dornenpfade, welche der Genius durchschreiten mußte, um den Gipfel des Ruhmes zu erreichen. Drei Jahre verbrachte H. in diesen keineswegs lockenden Verhältnissen, studirte fleißig und componirte auch; aber erst ein Baron von Fürnberg weckte den Genius der Composition in ihm. Fürnberg veranstaltete auf seinem Besitzthume in Weinzierl, in Wiens Nähe, kleine

Concerte, bei denen sich auch H. öfter einfand. Auf einem derselben trug H. sein auf Fürnberg's Aufforderung componirtes erstes Quartett [S. 25; IV. Zur Geschichte einzelner Compositionen Haydn's, Nr. 1] vor und erntete damit solchen Beifall, daß in ihm die Lust, weiter zu arbeiten, geweckt wurde. Haydn zählte damals 18 Jahre. Nach und nach verbreitete sich der Ruf seiner Geschicklichkeit, er wurde als Lehrer gesucht, seine Stunden besser — monatlich zuerst mit 2, dann mit 5 fl. (!) — bezahlt, und in die Lage versetzt, sich nach einem besseren Quartiere umzusehen. Da suchte ihn das Schicksal wieder schwer heim, er wurde um seine kleine Habe bestohlen. Als er sich an seinen mittellosen Vater um eine Aushilfe wendete, kam dieser nach Wien, gab dem Sohne ein Siebenzehnkreuzerstück und die Lehre: „Fürchte Gott und liebe Deinen Nächsten"; aber nicht diese, sondern die Gutmüthigkeit fremder Menschen ersetzten ihm seinen Verlust. Um diese Zeit war Haydn Vorspieler bei den barmherzigen Brüdern in der Leopoldstadt für jährliche 60 fl., Orgelspieler in der damaligen gräflich Haugwitz'schen Capelle, und wurde für jeden Gottesdienst mit 17 Kreuzern bezahlt. Da fiel es wie ein Lichtblick in sein armseliges Dasein, als er durch eine Bekanntschaft mit dem Possenspieler Kurz, genannt Bernardon, von diesem aufgefordert wurde, eine Oper zu componiren, und H. mit seinem „Krummen Teufel" — nebenbei gesagt eine Satyre auf den hinkenden Theaterdirector Affligio, welche schon nach der dritten Aufführung verboten wurde — seine Aufgabe so zu Bernardon's Zufriedenheit löste (1753), daß ihn dieser mit 24 Ducaten, eine Summe, wie sie H. noch nie besessen hatte, honorirte. Auch andere Compositionen schrieb H. in jener Zeit, von denen jedoch Haydn nichts, dafür um so mehr die Musikverleger hatten, bei denen sie, ihres gefälligen leichten Styles wegen — 'es waren meistens Claviersonaten, Trio's u. dgl. m. — gesucht waren. Unter solchen Verhältnissen zog sich sein Leben hin, als ihm das Schicksal mit einem Male dauernd zu lächeln schien, denn er erhielt 1759 eine Anstellung als Musikdirector der Capelle des Grafen Morzin, mit einem Gehalte jährlicher 200 fl., freier Wohnung und Kost an der Officianten-tafel. Der Winter wurde in Wien, der Sommer in Böhmen in der Nähe von Pilsen zugebracht. Bei dem Grafen Morzin componirte H. seine erste Symphonie [S. 23; IV. Zur Geschichte einzelner Compositionen, Nr. 2]. Aber auch dieses Glück hatte bald ein Ende, denn kaum ein Jahr dauerte diese An-stellung, und Graf Morzin mußte zerrütteter Vermögensverhältnisse halber seine Capelle entlassen. Haydn trat nun in die Dienste des reichen kunstliebenden Fürsten Nikolaus Joseph Eszterházy, der selbst ein großer Freund und Kenner der Musik war, Violine und Bariton trefflich spielte, ein gutes Orchester und ein eigenes Theater unterhielt, auf wel-chem Comödien, Opern u. dgl. gegeben wurden. Am 19. März 1760 trat H. als Capellmeister mit 400 fl. Gehalt, welcher später auf 700 und dann auf 1000 fl. erhöht wurde, dem Genusse freier Wohnung und anderer Emolumente, seinen Posten an und bekleidete ihn durch volle 30 Jahre bis zum Tode des Fürsten (28. September 1790). Im Testamente hatte der Fürst Nikolaus Joseph Haydn edel bedacht; für seinen 30jähri-gen Diensteifer setzte er ihm eine Jahres-pension von 1000 fl. aus, welche Fürst Paul Anton, des Verstorbenen Sohn, durch eine lebenslängliche Zulage von

400 fl. vermehrte. Fürst P. Anton hatte anfänglich die Capelle seines Vaters auf-gelöst, einen Theil jedoch nach kurzer Zeit wieder in Dienst genommen. Haydn aber mußte den Titel fürstlich Eszterházy'scher Capellmeister führen, im Uebrigen ver-langte der Fürst keine Dienste von ihm. Nach des Fürsten P. Anton Tode be-nachrichtigte ihn dessen Sohn Nikolaus von Neapel aus nach London, wo H. eben sich befand, daß er seine Capelle wieder einrichten wolle und ihn zu seinem Capellmeister ernenne, wofür H. außer anderen Genüssen 2300 fl. an Pension und Besoldung jährlich erhielt. Aber der Fürst ließ dem Künstler die größtmög-liche Freiheit und H. wurde nun in seinem künstlerischen Schaffen durch seinen neuen Dienst nicht im mindesten beirrt. Die Zeit von 1760—1790 ist es vornehmlich, in welcher H. den größten Theil jener Werke schuf, die seinen Namen in Europa so be-rühmt machten, ohne daß er es selbst ahnte. Leider liegt über diese 30jährige Epoche seines Künstlerlebens wenig, und dieses Wenige nur fragmentarisch vor. H. hatte unter Fürst Nikolaus Joseph als Director eines guten Orchesters, welches stark beschäftigt war, viel zu thun. Gerber gibt in seinem „Neuen Lexikon der Tonkünstler", Theil II, Sp. 540, die Namen der einzelnen Mitglieder der fürst-lichen Capelle an, welche ohne H. 30 Mann stark war. H. mußte Alles componiren, Alles selbst einstudiren und dirigiren, ja sogar Unterricht geben und sein Clavier im Orchester stimmen. Seine Zeit war also strenge bemessen, und für die Erholung, die vornehmlich in Jagd und Fischerei bestand, blieb ihm nur wenig Zeit übrig. Aber in dieser Einsamkeit des Land-lebens, die freilich wieder durch glänzende Feste, welche der Fürst gab, von Zeit zu Zeit unterbrochen wurde, konnte sich

Haydn's Geist sammeln, vollends vertiefen, und er mit jener Ruhe componiren, welche seine Werke allgemein charakterisirte. Zur Winterszeit kam H. öfters, aber nicht immer, auf einige Monate nach Wien; selbst da galt es, für den Frühling und Sommer, wenn sich die Besuche in Eisenstadt und Eßterház häuften, Neues vorzubereiten. Gewiß ist es aber, daß eben dieses einförmige Leben für den productiven und reichen Genius Haydn's am förderlichsten war. Voll des Dranges, das ihm so klar vorschwebende Ideal der musikalischen Kunst immer mehr in das Leben treten zu lassen, unterstützt dabei von einem gewandten Künstlerchor, das ihm ganz zu Gebote stand, mit dem er im engen freundschaftlichen Kreise gewissermaßen unter Einem Dache lebte, das sein herrliches Talent — unerschöpflich an neuen Ideen, Formen und Effecten, genial nach allen Richtungen ausgreifend — bewunderte, seinen gemüthvollen Charakter, sein gutes Herz liebte, das nichts Heiligeres kannte als seinem Fürsten, seiner Kunst und seinen Mitbrüdern zu leben, unangetastet von Neid und hemmender Entgegensetzung, die so viel in der Künstlerwelt schaden, geachtet und bewundert von allen Fremden, die in so großer Anzahl nach Eisenstadt kamen — worunter die angesehensten Personen, selbst die Kaiserin Maria Theresia, Fürsten und Grafen sich befanden — und ihn entweder hier kennen lernten, oder bereits mit seinen vielen, besonders im Auslande mit dem größten Beifalle aufgenommenen Compositionen vertraut waren, was konnte, was mußte Haydn hier nicht leisten! So erzog er sich und die Kunst, so bildete er aus der Kraft und Fülle seines schöpferischen Geistes „die Grundlage jener neuen Kunstwelt, deren herrliche Blüthen-

zeit uns entzückt". Von den Compositionen, die in diese Zeit fallen, sind, außer den vielen Baritonstücken, 163 an Zahl, die er für das Lieblingsinstrument seines Fürsten componirte und den vielen Divertissements, Concerten, Quartetten, 82 an Zahl, Sonaten, Liedern, Canons u. dgl. m., insbesondere zu bemerken die Opern und Operetten: „ *Lo Speziale* " (1768), „ *Le Pescatrici* " (1770), „ *Philemon und Baucis* " (1773), „ *L'infedeltà delusa* " (1773), „ *Il mondo della luna* " (1777), „ *Dido* " (1778), „ *La fedeltà premiata* " (1780), „ *Acide e Galatea* "(1783), „ *Armida* "(1784), das Oratorium „ *Il ritorno di Tobia* ", welches seit dem Brande des Schlosses Eisenstadt verloren geglaubt, aber durch Franz Lachner's Bemühungen wieder gefunden wurde, die Cantate „ *L'isola disabitata* " (1785), wozu H. Metastasio den Text geschrieben hatte; „Die sieben Worte des Erlösers", ein vielbesprochenes Oratorium, welches ein spanischer Domherr . aus Cadiz bei Haydn bestellt hatte, und wozu erst später ein Domherr aus Passau einen deutschen Text schrieb, mit welchem es bei Breitkopf (1801) erschien; und schließlich die sechs im Jahre 1787 componirten, dem Könige von Preußen gewidmeten „Quartetten", wofür ihn dieser mit einem prachtvollen Ringe beschenkte, den H. späterhin, wenn er sich begeistern wollte, gleichsam als einen Zauberring an seinen Finger steckte. Ein großer Theil dieser Compositionen ist zu besonderen Gelegenheiten gearbeitet; aber H. besaß darin volle Freiheit, denn sein Fürst, ein feiner Musikkenner, wußte den Genius seines Capellmeisters vollends zu würdigen. Nur der Tod konnte dieses schöne Band zwischen Schützling und Mäcen lösen, und er löste es auch nach 30jähriger Verbindung. Fürst Nikolaus starb im Jahre 1790 und H. eilte nach Wien. Einen ihm von dem Fürsten Grassal-kowich gemachten Antrag lehnte H. aus Anhänglichkeit an seinen Fürsten ab; er wollte vor der Hand frei bleiben. Aber den dringenden Anträgen des Violinisten und Orchesterdirectors Salomon gab H. endlich nach; dieser war auf die Nach-richt von des Fürsten Eßterházy Tode sogleich nach Wien geeilt, um Haydn für seine Zwecke zu gewinnen und zu einer Reise nach London unter sehr günstigen Bedingungen: 3000 fl. für eine Oper und in zwanzig Concerten für jede neue von ihm dirigirte Composition 100 fl., zu überreden. Diese Summe von 5000 fl. mußte im Bankierhause des Grafen Fries in Wien deponirt werden. Haydn erhielt von dem Fürsten Anton die Erlaubniß zur Reise, und trat sie, ohne der englischen Sprache mächtig zu sein, von dem Be-wußtsein getragen, „seine Sprache (die Musik) verstehe man durch die ganze Welt", im Alter von 59 Jahren, am 15. December 1790 an. Am 2. Jänner 1791 war H. in London angelangt, und am 25. Februar d. J. fand sein erstes Concert Statt. Sein anderthalbjähriger erster Aufenthalt in London, 1791 und 1792, ist erst in neuester Zeit nach bisher ungekannten Briefen Haydn's an eine seiner Verehrerinnen in Wien, Maria Anna Sabina von Genzinger, Gemalin eines geachteten Wiener Arztes und selbst eine vorzügliche Clavierdilet-tantin, in einer Monographie: „J. Haydn in London 1791 und 1792" (Wien 1861) von Th. G. von Karajan ausführlich beschrieben worden, auf welche interessante Schrift Freunde quellenartigen Details aufmerksam gemacht werden. Die Erfolge Haydn's in England waren glänzend; nicht nur trug er über alle Cabalen, In-trignen, heimlichen Verschwörungen den

Sieg davon. sondern er wurde mit Aus-zeichnungen und Ehren aller Art über-häuft. Die Zeitschriften floßen von seinem Lobe, seiner Anerkennung über; in den Salons war er gesucht, bei Hof mußte er eine ganze Reihe Concerte geben, bei dem Prinzen von Wales dirigirte er nicht weniger als 26 Concerte, wofür man ihm das Honorar schuldig geblieben, und es ihm erst gab, als H. seine Rech-nung von 100 Guineen an das Parla-ment geschickt hatte, welches die Schulden des Prinzen bezahlte. Reich an Ehren — unter denen die Doctorwürde der Ton-kunst, welche ihm in Orford feierlich ver-liehen wurde, nicht die geringste ist [vergl. das Jnaugural-Tonstück seiner Doctor-promotion in: IV. Zur Geschichte einzel-ner Tonstücke, S. 27, Nr. 17] — und mit goldener Ernte kehrte H. in seine Heimat zurück und traf am 24. Juli 1792 wieder in Wien ein. Auch die künstlerische Aus-beute in diesen anderthalb Jahren war eine große, doch soll ihrer erst näher ge-dacht werden, wenn seine zweite Reise in das Inselland ist erzählt worden. Wenn Haydn zwar öfter selbst bemerkte: „er sei von England aus erst in Deutschland berühmt geworden", und dieß wohl nur als eine pikante Phrase seiner übertriebe-nen Bescheidenheit angesehen werden muß, so ist denn doch nicht zu läugnen, daß nach dem Londoner Aufenthalte H. in Wien der Held des Tages wurde. Der gelehrte Karl B. Leonhard Graf Harrach hatte dem Lebenden (1793) im Parke seines Schlosses zu Rohrau auf einem traulich gelegenen, von den Wellen der Leitha bespülten Hügel ein Denkmal [siehe: XI. Denkmale, Monumente, S. 32] setzen lassen. Kaiser Joseph II. hatte erst auf seinen Reisen erfahren, welch' ein Tonheros Bürger seiner Staaten sei, und obgleich er seine Opera buffa „La vera Costanza" aufgeführt zu sehen wünschte, so waren damals (1786) — ganz so wie noch heute — Neid und Cabale stärker als des Kaisers Wunsch und Haydn's Ruhm; denn ganz gegen des Letztern Willen fand die Vertheilung der Rollen Statt, so daß H. die Partitur selbst zurückzog und der Kaiser dieses Werk erst im Theater des Fürsten Eßterházy in dessen Schlosse zu hören bekam. Während der Zeit, als H., von seiner ersten Reise aus England heimgekehrt, in Wien lebte, sind vornehmlich zwei Umstände bekannt; der Kauf seines Häuschens Nr. 84 in der kleinen Steingasse auf der Windmühle, welches zwar seit Haydn's Tode in andere Hände übergangen war, aber doch 1840 in sinniger Weise (am 1. Juni) den bleibenden Namen „Zum Haydn" und eine Gedächtnißtafel mit Haydn's Namen erhielt; und die von ihm selbst am 22. und 23. December 1793 dirigirte Aufführung von 6 seiner für London geschriebenen Symphonien, welche zum Besten der Witwen und Waisen im Wiener kais. Nationaltheater stattfand. Hatte Haydn die Erlaubniß seines Fürsten zur ersten Londoner Reise ohne Schwierigkeit erhalten, so wurde ihm dieselbe zur zweiten Fahrt nicht so leicht ertheilt; aber doch gelang es seinen wiederholten Bitten, sie zu erhalten, und am 19. Jänner 1794 trat er seine zweite Fahrt nach England an, wo er am 4. Februar in London eintraf und bis zum 15. August 1795 verblieb. Auch die Erfolge dieses zweiten Aufenthaltes blieben hinter jenen des ersten in keiner Hinsicht zurück. Es waren dieselben, wenn nicht gesteigerte Ehren und Auszeichnungen von Seite des Hofes und der Privaten, dieselben übervoll besuchten Concerte, dieselben lucrativen Anträge von Honoraren für Compositionen und — dieselbe glückliche Stimmung Haydn's zum Schaffen,

so daß er während seines Doppelaufenthaltes in England eine Reihe von Tonwerken schuf, die noch mehr bewundert wurden als die früheren und von Kennern hoch geschätzt werden. Haydn hatte in seinem Tagebuche ein Verzeichniß jener Tonwerke niedergeschrieben, welche er in England geschaffen, seine beiden Biographen, Dies (S. 219) und Griesinger (S. 53) haben es mitgetheilt. Wie schon bemerkt worden, war die künstlerische Ausbeute seines Doppelaufenthaltes in England überraschend groß. Sie beträgt nach Blättern gezählt 768 Blätter, und darunter eine Oper: „Orfeo" (100 Bl.), 12 große Symphonien, deren Anfänge Th. G. von Karajan in seiner schon erwähnten Monographie (S. 116) aus einem Londoner Verlagscataloge veröffentlicht, weil man bisher in deutschen Büchern genaue Angaben über dieselben vermißte; der Chor: „Der Sturm" (20 Bl.), 6 Quartetten (48 Bl.), 3 Märsche (4 Bl.), darunter einer für den Prinzen von Wales, 24 Menuetten und Deutsche (12 Bl.), „Die zehn Gebote Gottes" (6 Bl.), 230 schottische Gesänge, von denen er das erste Hundert für den durch Schulden ganz herabgekommenen Musikhändler Nepire schrieb, welche bald solchen Absatz fanden, daß Nepire aus seinen Schulden kam und Haydn ein ansehnliches Honorar bieten konnte. Am 20. August 1795 kam H. von seiner zweiten Londoner Reise nach Wien zurück, und durch eine ansehnliche Geldrente in den Stand einer wohlverdienten Wohlhabenheit versetzt, lebte er nun seiner Muße und der Kunst, in dieser letzteren aber im Winter seines Lebens — denn Haydn zählte bereits 63 Jahre — eine Reihe von Meisterwerken erschaffend, die seinem Namen die Unsterblichkeit sichern, wenn sie sich nicht schon durch seine früheren Arbeiten erworben hätte. Zugleich aber war diese letzte Frist seines Lebens seine eigentliche Ruhmesepoche, denn nun folgte Auszeichnung auf Auszeichnung. 1797 schrieb er die unvergleichliche „Oesterreichische Volkshymne", deren erste Aufführung an des Kaisers Geburtstage am 12. Februar 1797 stattfand; im Jahre 1799 hatte er sein großes Oratorium die „Schöpfung" beendet, welches am 19. März d. J. zum ersten Male in Wien mit einem beispiellosen Erfolge gegeben wurde. Ueber die Geschichte dieser Tondichtung berichtet am ausführlichsten Dies (S. 158) [siehe auch: IV. Zur Geschichte einzelner Compositionen, S. 25, Nr. 3]; im Jahre 1801 kam das ebenso große Werk die „Jahreszeiten" (24., 27. April u. 1. Mai) zur Aufführung. Mit diesem Werke hatte sich H. [vergl. Dies, S. 135] körperlich sehr geschadet, denn seine Abnahme der Körperkräfte datirte aus jener Zeit, er hatte sich, wie er selbst sagte, „dabei übernommen". Im Jahre 1803 schrieb H. seine zwei letzten Werke, und zwar eine Claviersonate auf den Wunsch des Fürsten Eszterházy für die Gemalin des Generals Moreau, wovon im Jahre 1841 ein unbefugter Nachstich erschien [vgl.: IV. Zur Geschichte einzelner Compositionen, S. 28, Nr. 18], und ein Quartett, nach Einigen das 82., nach A. das 83. Quartett [Griesinger, S. 86], dessen Schluß zu componiren er aber bereits zu schwach war, daher er es durch ein Adagio, aus dem 10. Gesange seiner bei Breitkopf und Härtel in Leipzig (1802) erschienenen drei- und vierstimmigen Gesänge, welches auch auf seiner Visitenkarte steht, ergänzte [vergl.: IV. Zur Geschichte einzelner Compositionen, S. 27, Nr. 16, und XV. Einzelheiten, Haydn betreffend, S. 36, Nr. 4]. Zu den bereits bemerkten Ehren kamen im Laufe dieser letzten Jahre noch viele hinzu. Die Akademie der Wissen-

schaften und Künste zu Stockholm ernannte ihn 1798 (5. Sept.) zu ihrem Mitgliede; ebenso jene zu Amsterdam im Jahre 1801 (4. Mai); das Pariser Institut national des sciences et arts (5 Nivose an X), und das Conservatoire de Musique ebb. (7 Messidor an XIII). Die vereinten Künstler der großen Oper in Paris ehrten ihn 1801 nach der ersten Aufführung der „Schöpfung" in Paris durch Ueberfendung einer goldenen Medaille [fiehe: IX. Medaillen, Haydn zu Ehren, S. 30, Nr. 1]; deßgleichen die Gesellschaft „Concert des amateurs" zu Paris, im Jahre 1803 [fiehe ebb. Nr. 3], und die Société Academique des Enfans d'Apollon ebb., im Jahre 1807 [fiehe ebb. Nr. 4]; ferner im Jahre 1808 die Petersburger philharmonische Gesellschaft durch eine gleiche Auszeichnung [fiehe ebb. S. 31, Nr. 6], und indem ihm der Wiener Magistrat in Anerkennung seiner durch unentgeltlich gegebene Concerte gewonnenen großen Summen zum Besten der Armen Wiens schon 1803 (10. Mai) die zwölffache goldene Bürgermedaille verlieh, fügte er im folgenden Jahre (1. April) durch die Verleihung des Ehrenbürger-Diploms eine neue verdiente Auszeichnung hinzu. Jedoch alle diese Auszeichnungen ließen es Haydn, dem Compositeur der österreichischen Volkshymne, nicht ganz verschmerzen, daß er von Seite des Staates — insbesondere als der Leopold-Orden war gestiftet worden — unbelohnt ausging. Sichtlich nahmen Haydn's Kräfte ab und die Nachricht von dem Hingange seines Bruders (10. August 1806) übte eine bemerkbare Wirkung auf seinen bereits schon hinfälligen Körper aus. Aber ihm war es vergönnt, wie Wenigen, lebend seiner Apotheose beizuwohnen. Sie fand im Universitätssaale am 27. März 1808 Statt, an welchem Tage von dem hohen

Abel und einigen Kunstfreunden Wiens — welch' ein Abel, welche Kunstmäcene Wiens damals! — die Aufführung der „Schöpfung" in Gegenwart Haydn's veranstaltet wurde. Haydn wurde in einer Sänfte in den Saal gebracht, und mußte, um sich ja nicht zu erkälten, den Hut auf dem Kopfe behalten, während die ganze Versammlung entblößten Hauptes war. Huldigungsgedichte von Carpani und Collin wurden vorgetragen, die Rührung Haydn's aber steigerte sich so sehr, daß er schon nach der ersten Abtheilung den Saal verlassen und nach Hause gebracht werden mußte. Nur Ein Jahr, zwei Monate und einige Tage überlebte H. seine Apotheose. Als am 10. Mai 1809 die Franzosen vor die Mariahilfer Linie rückten, erschreckten ihn, als er früh eben aufstand und angekleidet wurde, vier Kanonenschüsse, welche unweit seiner Wohnung fielen und Fenster und Thüren seines Hauses erschütterten, so sehr, daß er zusammenbrach und sein ganzer Körper in ein convulsivisches Zittern verfiel. Von dieser Stunde wichen zusehends seine physischen Kräfte; am 26. Mai spielte er noch sein Lieblingslied „die Volkshymne" dreimal hintereinander mit einem Ausdrucke, über den er sich selbst wunderte, aber noch am Abende desselben Tages verschlimmerte sich sein Zustand bedeutend, nach und nach verfiel er in eine gänzliche Entkräftung und schmerzlose Betäubung, und indem er am 31. Mai Morgens um 1 Uhr noch einige Zeichen von Bewußtsein und Empfindung gab, entschlief er wenige Minuten nachher eines sanften Todes und kehrte seine Seele in jene Räume zurück, aus denen sie sich für die Dauer seines Lebens in die Hülle seines Körpers begeben hatte. Haydn war Einmal, aber, unglücklich verheirathet. Von zwei Töchtern des Friseurs Keller

in Wien liebte er die ältere, die jedoch Nonne wurde, und da ihn Gefühle der Dankbarkeit für in der Jugend empfangene Wohlthaten an das Haus fesselten, ließ er sich vom Vater die jüngere aufbringen und gewann mit ihr ein böses, zanksüchtiges, verschwenderisches und dazu in späteren Jahren bigottes Weib, welches ihm sein ganzes Leben verbitterte, denn sie starb erst im Sommer 1800 zu Baden, nachdem er sie bereits um 1759 geheirathet und sie ihn also volle 4 Decennien gequält hatte. Nur das sanfte Temperament und der Genius der Kunst, der ihn ganz erfüllte, ließ H. das traurige Los seiner schlimmen Ehe mit einem Gleichmuthe ertragen, der noch dadurch erhöht wurde, daß diese Ehe kinderlos geblieben war. Haydn als Mensch ist vielfach geschildert, aber von allen Biographen und sonstigen Berichterstattern einstimmig als trefflicher Mensch bezeichnet worden. Von Natur aus heiter, zum Scherze gestimmt, sprach sich diese geistige Richtung vielfach in seinen Compositionen aus, deren origineller musikalischer Witz seine Wirkung auf den Zuhörer nie verfehlt. Frömmigkeit war ein Grundzug seines Charakters, und, ohne ein Frömmler zu sein, ging er darin so weit, daß er alle seine größeren Partituren mit den Worten: In nomine Domini begann und mit: Laus Deo oder Soli Deo gloria schloß. Auf das Innigste von der Ueberzeugung durchdrungen, daß alle menschlichen Schicksale unter der leitenden Hand Gottes stehen, suchte er oft im Gebete, wenn ihn der schöpferische Genius verlassen hatte, Kraft, und so sagte er oft selbst: „Wenn es mit dem Componiren nicht so recht fort will, gehe ich im Zimmer auf und ab, den Rosenkranz in der Hand, bete einige Ave und dann kommen mir die Ideen wieder". Diese echt poetische Innigfeit und Frömmigfeit — weit entfernt von der düstern büßenden Art, sondern vielmehr froh und munter bildet auch den Grundton seiner firchlichen Compositionen, wie auch seiner „Schöpfung", anläßlich welcher er selbst sagte: „Ich war nie so fromm als während der Zeit, da ich an der Schöpfung arbeitete; täglich fiel ich auf meine Knie nieder und bat Gott, daß er mir Kraft zur glücklichen Ausführung verleihen möchte". Daher auch der Charafter aller seiner Kirchencompositionen ein heiterer ist, und einen Vorwurf, den ihm Carpani deßhalb einmal machte, entfräftete H. mit folgenden Worten: „Ich weiß es nicht anders zu machen. Wie ich's habe, so geb' ich's. Wenn ich aber an Gott denke, so ist mein Herz so voll Freude, daß mir die Noten wie von der Spule laufen. Und da mir Gott ein fröhliches Herz gegeben hat, so wird er mir's schon verzeihen, wenn ich ihm fröhlich diene." In seinem Hauswesen genau, pünctlich, an Ordnung und Regelmäßigkeit von frühester Jugend gewöhnt, mußte er sich von Reichardt des Geizes beschuldigen lassen; aber diese Pünctlichkeit, diese Ordnung im Haushalte war nicht Geiz, Haydn war der Wohlthäter seiner ganzen Familie, die er sein ganzes Leben hindurch unterstützte; auch gibt sein Testament [Blätter für Musik von Zellner, 1855, Beilage zu Nr. 91 und Nr. 93] Zeugniß, welch' ein edler Charafter H. gewesen. Es würde uns zu weit führen, wollten wir über seine äußere Erscheinung, seine Tagesordnung und seine Gewohnheiten ausführlich berichten, nicht bloß Dies (S. 207) und Griesinger (S. 100 u. f.) geben uns ein treffendes Bild davon, auch die von Luib herausgegebene „Wiener allgemeine Musikzeitung" (VIII. Jahrg. 1848, Nr. 62 und 63) läßt sich umständlich darüber aus. Wie Haydn im Leben viel gefeiert worden und auf die verschiedenste Art, durch Porträte, welche seine Züge vervielfältigten [siehe S. 29: VIII. Porträte], durch Büsten und Statuetten [S. 31, X.], durch ihm zu Ehren und auf seinen Namen geprägte Medaillen [S. 30, IX.], durch Gedichte auf ihn und seine Tonwerke [S. 34, XIII.], so war man auch nach seinem Tode nicht lässig, sein Andenken in Ehren zu halten und von Zeit zu Zeit zu erneuern; Allem nachzuforschen, was zu ihm in irgend einer Beziehung stand, sei es die Geschichte seiner Tonstücke zu erzählen [S. 25, IV.], sei es Nachforschungen über seine Eltern und seine Angehörigen anzustellen [S. 28, VI.]; sein Geburts- und Todeshaus auf seinen Namen zu taufen und durch Denktafeln für alle Zeiten kennbar zu erhalten [S. 29, VII.]; seine Ruhestätten, zuerst in Wien, später in Eisenstadt, für die Zukunft kenntlich zu bezeichnen [S. 33, XII.], und endlich seine hohe Bedeutung in der Kunst, zu deren Heroen er zählte, nachzuweisen [S. 36, XVI.], in welch' letzterer Richtung aber ungeachtet des trefflichen bisher Geleisteten, noch Vieles zu wünschen übrig bleibt, und ihm bald ein Biograph erstehen möge, wie Beethoven, Mozart und Gluck den ihrigen gefunden, mit denen vereint er ein vierblättriges musikalisches Kleeblatt bildet, wie keine andere Nation ein ähnliches aufzuweisen hat.

I. Compositionen Haydn's. Es dürfte kaum Jemanden möglich werden, ein vollständiges Verzeichniß der Werke Haydn's, so lohnend sonst diese Aufgabe wäre, zu Stande zu bringen. Haydn selbst wußte nicht alle seine Werke anzugeben. Bei einem nicht kleinen Theile derselben mußte man Vermuthungen für Gewißheit gelten lassen. Im Folgenden werden demnach die Gesammtausgaben einiger gleichartiger Tonwerke Haydn's, z. B. seine Sonaten, Quartetten, Symphonien u. dgl. m., die schon in früherer Zeit veranstaltet wurden und als

authentisch gelten dürfen, angegeben; im
Uebrigen aber ist sich an Haydn's eigene Auf-
zeichnungen gehalten und werden nur einige
bemerkenswerthe Variationen, bei denen jedoch
die Quelle aus der sie geschöpft worden genannt
ist, mitgetheilt. Gesammt - Ausgaben von
Haydn's Werken. Collection des Qua-
tuors originaux pour 2 V. A. et V^{celle}
comp. par J. Haydn. 17 Cahiers (Leip-
zig, A. Kühnel). [Jedes Heft enthält 3 Quartetten und dem Haupttitel ist ein thematischer
Catalog beigefügt. Jedes Heft kostet 1 Thlr.
4 Gr.] — Oeuvres complètes pour le
Pianoforte. 10 Cah. (Leipzig, Breitkopf).
— Oeuvres pour le Pianoforte. 3 livr.
(Leipzig, Lehmann). — Collection com-
plète des Sonates pour le Fortepiano.
6 Cah. (Paris, Pleyel, 1799). — Biblio-
theque musicale. Oeuvres de Haydn en
Partition. Quatuors. 10 Cah. (Paris, Pleyel).
— Collection de Quatuors de H. à
2 Viol. A. et B. (Paris, Pleyel). Pracht-
ausgabe in Stimmen, auf dreierlei Sorten
Papier mit Haydn's Porträt. — Collection des Symphonies de Haydn, mises
en Partition. 10 livr. (Paris 1802, Ledue).
[Nähere Nachrichten über die Vorzüge dieser
einzelnen Editionen siehe: Gerber, Neues
histor. biogr. Lexikon der Tonkünstler, Bd. II,
Sp. 559.] — Von den neueren Ausgaben ist
noch der Holle'schen Stereotyp-Ausgabe und
jener von Hallberger in Stuttgart veran-
stalteten zu gedenken. Die Redaction der letzteren hat J. Moscheles übernommen. Diese
Ausgabe bildet einen Bestandtheil des Sammel-
werkes: „Beethoven, Clementi, Haydn
und Mozart in ihren Werken für das
Pianoforte allein" und können die Lieferungen 14 u. 15, 24 u. 25, 32 u. 33, 41 u. 42,
49 u. 50, 57 u. 58, 63, 64, 65 u. 66, 71 u. 72,
welche sämmtliche Sonaten Haydn's enthalten,
(um 4 fl. 30 kr. rhein.) apart bezogen werden.
— Ueber die einzelnen Werke Haydn's, welche
hier aufzuzählen der Raum nicht gestattet,
sind in folgenden Zeitschriften und Journalen
detaillirte Nachweisungen enthalten: Musikalische Correspondenz 1792, S. 129
u. 140. Ein Versuch Gerber's, ein General-
verzeichniß von Haydn's Compositionen zu
entwerfen. — Fröhlich, Haydn's Biograph
in der Ersch und Gruber'schen Encyclopädie,
II. Sect. 3. Theil, sagt auf S. 243 in der
Anmerkung: „Eine genaue chronologische
Zergliederung der sämmtlichen Compositionen
Haydn's von seinem ersten Wirken bis zum

letzten Quartette, welche ich zur Auffassung
dieses herrlichen Geistes für mich versucht habe,
würde zwar sehr belehrend sein, aber hier zu weit
führen." Wenn nur Haydn wie Mozart
seinen Otto Jahn fände! — Alb. Christoph Dies in seinen „Biographischen Nachrichten von Jos. Haydn" gibt ein Verzeichniß
der Haydn'schen Werke, die er vom 18. bis
73. Jahre geschrieben, nach Haydn's eigenen Erinnerung. Ich habe an diesem Ver-
zeichnisse weder in den Worten noch in der
Fügung etwas geändert. Die Werke die darin
verzeichnet stehen, sind folgende: Baritonstücke für das Lieblingsinstrument
des Fürsten Nikolaus Esterhazy: 125
Divertimenti a tre, per le Bariton, Viola
e Violoncello, 6 Duetti, 12 Sonate per il
Bariton col Violoncello, 6 Cassationsstücke,
5 detto a 8 voci, 3 detto a 5 voci, 1 detto
a 3 voci, 1 detto a 4 voci, 1 detto a 6 voci,
3 Concerti con 2 Violini e Basso. Im
Ganzen 163 Baritonstücke. — Divertimenti per diversi stromenti a 5, 6, 7, 8 e
9 voci: 5 a cinque voci, 1 a quattro voci,
9 a sei voci, 1 a otto voci, 2 a nove voci,
2 in dubio, 2 Marcie, 21 Tril per due
Violini e Violoncello, 6 Sonate a Violino solo, coll' accompagnamento d'una
Viola. — Concerti: 3 per Violino, 3 per
Violoncello, 1 per il Contrabasso, 1 per
il Corno in d, 2 a due Corni, 2 per il
Clarino, 1 per Flauto. — Messen: 1 Missa
Celensis, 2 Missae sunt bona mixta malis,
2 Missae brevi, 1 Missa St. Josephi, 3 Missae in tempore belli. — Andere Kirchenstücke: 4 Offertorien, 1 Salve Regina à
4 voci, 1 Salve, Organo solo, 1 Cantilena
pro Advento, 1 Respons. de Vener. lauda
Sion Salvatorem, 1 Te Deum, 2 Chori,
1 The Strom Hatck. — Quartetten, Sonaten und andere Compositionen: 82
Quartetti, 15 Sonate per il Pianoforte,
1 Fantasia, 1 Capriccio, 1 Thema con
Variat. in C, 1 Thema con Variat. in Es,
29 Sonate per il Pianoforte con Violino et
Violoncello, 42 deutsche und einige italienische Lieder und Duetten, 39 mehrstimmige
Canons, 1 Concerto per l' Organo, 3 Concerti per Clavicembalo, 1 Divertimento
per Cembalo, col Violino e Corni e Basso,
11 Divertimenti a 4 mani, 1 Divertimento
con Bariton e due Violini, 4 detto con
2 Violini e Basso, 1 detto con 20 Varia-
zioni. — Deutsche Opern: Der krumme
Teufel, Philemon und Baucis, Marionetten-

2

Operette 1773, Hexenschabbas, Marionetten-
fest 1773, Genoveva, Marion.-Oper, 1777,
Dido, eine parodirte Marion.-Oper. 1778 —
Italienische Opern: La Caterina, L'In-
contro Improviso, Lo speciale, La peso-
trice, Il mondo della luna, L'isola disabitata, L'infedeltà fedele, La fedeltà
premiata, La vera costanza, Orlando Pa-
ladino, Armida, Acide o Galatea, L'infe-
doltà delusa, Orfeo. — Oratorien und
schottische Lieder: Ritorno di Tobia 1774,
1 Stabat mater, die Worte des Heilands am
Kreuze, die Schöpfung, die Jahreszeiten,
13 drei- und vierstimmige Gesänge, A Selec-
tion of original scoth songs 130 Gesänge,
216 Scoth songs with symphonies at accom-
paniments. — Ein Verzeichniß jener Compositionen, welche von den eben angeführten
Haydn in London geschrieben, theilt (aus
Haydn's Tagebuche) Dies in seinen „Biographischen Nachrichten über Haydn" (S. 219)
mit; ebenso auch Griesinger mit Angabe
der Seitenzahl jeder Composition (S. 53). —
Das Oesterreichische Morgenblatt,
redigirt von J. R. Vogl (Wien, 4°.)
VI. Jahrg. (1841), Nr 93, S. 386, gibt in
dem Artikel: „Immortelle auf Haydn's Grab",
auch die Zahl von Haydn's Compositionen
an, jedoch weichen die Angaben von dem
obigen hie und da ab; nach diesem sind:
Symphonien 118, Messen 15, Offertorien 5,
italienische Opern 14, große Oratorien 4,
deutsche Marionetten-Opern 5, Schottische
Lieder 364, Miscellaneen, als Quartetten,
Quintetten, Concerte für alle möglichen Instrumente, Lieder, Kirchencompositionen, Symphonien u. a, 632. Zusammen 1178 Werke.
— Nach dem Journal des Luxus und
der Moden 1809, S. 599 in der Anmerkung, stellt sich die Anzahl seiner Compositionen folgendermaßen: Symphonien 118,
Baritonstücke 163, Divertimente und Trios
auf verschiedenen Instrumenten 47, Concerte
auf verschiedenen Instrumenten 15, Messen 15,
andere Kirchenstücke 15, Quartetten 83, Sonaten für das Pianoforte 66, teutsche und
englische Lieder 42, Canons 40, drei- und vierstimmige Gesänge 13, italienische Opern 14,
teutsche Marionetten-Opern 5, Oratorien und
Schottische Gesänge 366, Menuette und Wal-
zer 400. Zusammen 1407 Stücke. — Ein sorgfältig gearbeitetes Verzeichniß der Haydn-
schen Compositionen nach folgenden Abthei-
lungen: I. Singstücke, gedruckt und ungedruckt:
A) für die Kirche, B) für's Theater,
C) für die Kammer; II. Instrumentalsachen:
A) Orchester-Symphonien, a) in ganzen
Werken zusammen gestochen, b) periodisch
oder in einzelnen Nummern erschienen, auch
mit Stücken Anderer vermischt, c) Orchester-
Symphonien in Manuscript, B) Violin-
Concerte, C) Quartetten und Quintetten, D) Trio's für Bogen- und Blas-
instrumente, E) Duo's und Solo's
für Bogeninstrumente, F) Stücke für
mehrere Instrumente, auch für Harmonie; III. Claviersachen: A) Clavier-
solo's in ganzen Werken, B) Claviersonaten mit Begleitung, a) in ganzen Werken, b) dergleichen ohne Nummer, meistens
arrangirt, C) Clavier-Concerte mit Orche-
sterbegleitung, D) Kunstlehre, E) Oeuvres
complétes, enthält Gerber's (Ernst Ludw.)
Neues historisch-biographisches Lexikon der Tonkünstler (Leipzig 1812, A Kühnel, gr. 8°.)
Bd. 11, Sp. 561—594. — Schließlich sei
noch eines Werkchens gedacht, womit sich der
muntere Haydn einen musikalischen Scherz
gemacht, es führt den Titel: „Giuoco filar-
monico o sia maniera facile per comporre
un infinito numero di Minuette, anche senza
sapere il Contrapunto" (Napoli 1793, auch
ebenda 1812).

II. Biographische Quellen. a) Selbstständige
Schriften, nach dem Alphabete ihrer Verfasser.
Arnold (Ignaz Ferdinand), Joseph Haydn;
kurze Biographie und ästhetische Darstellung
seiner Werke u. s. w. (Erfurt 1810, 8°.). —
Carpani (Gius.), Le Haydine, ovvero
lettere sulla vita e le opere del celebro
maëstro G. Haydn (Milano 1812, 8°., auch
Padova 1823, 8°., mit Porträt). Eine französische Uebersetzung dieses Werkes unter dem
Titel: Lettres écrites de Vienne en Autriche
sur le celebre compositeur J. Haydn
suivies d'une Vie de Mozart et de Con-
siderations sur Metastasio et l'état pré-
sent de la Musique en France et en Italie (Paris 1813, Didot, 8°.) besorgte Aler.
Cef. Bombet (Pseudonym für Beyle);
eine englische erschien zu London 1817 und zu
Boston 1839, 12°. Eine andere französische Uebersetzung von Carpani's Schrift gab auch der
Musiker D. Monde heraus und erschienen
davon 2 Ausgaben (Niort 1836, Robin, 8°.,
und Paris 1838, Schwartz et Gagnot, 8°.). —
Dies (Albert Christoph), Biographische Nachrichten von Joseph Haydn. Nach mündlichen
Erzählungen desselben (Wien 1810, Came-
sina'sche Buchhandlung, 8°., mit einer Musik-

tafel und Porträt nach Ihrwachs Medaillon gestochen von D. Weiß. [Diese, Carpani's, Griesinger's und Karajan's Schrift sind jedenfalls das Beste und einzig Verläßliche, was bisher über Joseph Haydn's Leben veröffentlicht worden; die übrigen sind nicht immer treu und mit vielen Unwahrheiten ausgestattete Benützungen derselben. Das reichste Materiale zu einer noch zu gewärtigenden Biographie dieses großen Meisters und Heros der Töne steckt in Journalen, namentlich in der „Wiener allgemeinen Musik-Zeitung" zerstreut. Diese Aufsätze sind weiter unten sämmtlich aufgeführt.] — Essai historique sur la vie de J. Haydn ancien maitre de chapelle du prince Esterhazy (Strassburg 1812, 8⁰.) [von dieser Schrift sollen nur 300 Exemplare abgezogen worden sein]. — Framery (Nicolas Etienne), Notice sur J. Haydn contenant quelques particularités de sa vie privée etc. (Paris 1810, 8⁰.). — Griesinger (Georg August), Biographische Notizen über Joseph Haydn (Leipzig 1810, Breitkopf und Härtel, kl. 8⁰., mit Abbildungen von fünf auf Haydn geprägten Denkmünzen auf einer Tafel). — Grosser (J. E.), Biographische Notizen über J. Haydn; nebst einer kleinen Sammlung interessanter Anekdoten und Erzählungen, größtentheils aus dem Leben berühmter Tonkünstler und ihren Kunstverwandten (Hirschberg 1826, 8⁰.). — Joseph Haydn, Bildungsbuch für junge Tonkünstler, Seitenstück zu Mozart's Geist (Erfurt 1810, zweite Aufl. 1826, Müller, 8⁰.) [vielleicht einerlei mit Arnold's oberwähnter Schrift]. — Karajan (Th. G. von), J. Haydn in London 1791 und 1792 (Wien 1861, Gerold's Sohn, 8⁰.). [Aus Haydn's Briefen an seine große Musikfreundin und Verehrerin, Maria Anna Sabina von Genzinger, in den Jahren 1789 bis Ende 1792 gearbeitet, entwirft diese Schrift ein lebendiges Bild der unendlichen Liebenswürdigkeit und Bescheidenheit H.'s; leider umfaßt sie nur einen verhältnißmäßig sehr kurzen, wenngleich bei der großen Einförmigkeit seines fast 30jährigen Aufenthaltes in Ungarn, interessantesten Zeitraum seines Lebens.] — Kinker (Jan), Ter nagedachtenis von J. Haydn (Amsterdam 1810, 8⁰.). — Lebreton (Joachim), Notice historique sur la vie et les ouvrages de J. Haydn (Paris 1810, 4⁰.) [war zuerst in den „Memoires de l'Institut" abgedruckt und ist eigentlich nur eine Uebersetzung von Griesinger's

Biographie Haydn's. Lebreton's Schrift erschien auch in portugiesischer Uebersetzung (Rio-Janeiro 1820, 8⁰.)]. — Mayer (Johann Simon), Brevi notizie istoriche della vita o delle opere di G. Haydn (Bergamo 1809, 8⁰.). II. Biographische Quellen. b) Episoden aus Haydn's Leben. Einzelnes, in Zeitschriften zerstreut u. dgl. m. Album für Leben, Kunst und Wissen (Aachen, Wengler) 1848, S. 371: „Haydn und Mozart". — Allgemeine musikalische Zeitung 1809, Nr. 42, S. 667: „Biographische Notizen über Joseph Haydn". — Annalen der Literatur und Kunst in dem österreichischen Kaiserthume (Wien, 4⁰.) Jahrg. 1804, Intelligenzblatt Nr. 1, Sp. 3; — Jahrg. 1809, Intelligenzblatt des Monats September, Sp. 124—135. — Der Bahnhof (ein Wiener industrielles Blatt, 4⁰.) 1836, Nr. 24: „Ein Spaß. Seitenstück zur Bauern-Symphonie von Mozart" [aus dem Leben Haydn's und Mozart's, nachgedruckt im „Intelligenzblatt zur Salzburger Landeszeitung" 1836, Nr. 69; im „Boten von der Eger und Biela" 1836, Nr. 19]. — Baur (Samuel), Allgemeines historisch-biographisch-literarisches Handwörterbuch aller merkwürdigen Personen, die in dem ersten Jahrzehend des neunzehnten Jahrhunderts gestorben sind (Ulm 1816, Stettini, gr. 8⁰.) Sp. 566 [nach diesem geb. 31. März 1732]. — Brockhaus' Conversations-Lexikon. 10. Auflage, Bd. VII, S. 518. — Brünner Zeitung 1838, Nr. 21, 25, 30, 31 und 32: „Züge aus dem Leben Joseph Haydn's" [nachgedruckt in der „Troppauer Zeitung" 1838, Nr. 3, 6, 7, 8]. — Carinthia (Klagenfurter Unterhaltungsblatt, 4⁰.) 1861, Nr. 3: „Lebensbild aus der Vergangenheit. Haydn's letzte Huldigung" [beschreibt die am 27. März 1808 stattgehabte 23. Aufführung der „Schöpfung" in Wien, welcher Haydn in Person beiwohnte, die aber außer den Notabilitäten des hohen Adels noch durch die Anwesenheit von Beethoven, Carpani, Clementi, Collin, Kreutzer und Salieri verherrlicht ward]. — Conversations-Lexicon (Stuttgart 1817). [Daselbst heißt es im Artikel Haydn: „Als nach einigen zwanzig Jahren der Fürst Esterházy seinen Hofstaat einschränkte und Haydn seine Entlassung ertheilt ..." Diese Stelle in dem sonst in seinem Detail richtigen Artikel bedarf einer Berichtigung. Haydn erhielt nie seine Entlassung aus dem Dienste des Fürsten, selbst dann nicht, als Fürst Nikolaus starb. Sein Nachfolger behielt Haydn in seinen Diensten, setzte der ihm von dem Fürsten Nikolaus testamentarisch ausgesetzten Pension von 1000 fl. noch den namhaften Beitrag von 400 fl. jährlicher Zulage zu und gab bis zu Haydn's Tode demselben unveränderte Beweise seiner Huld.] — Dalibor (ein Pra- ger Musikblatt, 4°.) 1860, Nr. 9, 10 und 11: „Haydn. Obrázek ze života, podává Kar. Adámek", d. i. Haydn, ein Bild aus dem Le- ben; Nr. 11: „Apotheosa Josefa Haydna"; — 1861, Nr. 26—28: „J. Haydn a nicolo Por- pora". — Das Dampfboot (Unterhaltungs- und Volksblatt für die Provinz Preußen) 1839, Nr. 103: „Der Weg zur Höhe ist steil" [Einzelnes aus Haydn's Jugendjahren.] — Didaskalia (Frankfurter Unterhaltungs- blatt) 1839, Nr. 214: „Haydn's Apotheose". — Entreacte (Pariser Journal) 1838, Nr. 64: „Anecdotes sur Haydn" [unter andern H.'s geistreiche Bemerkung über ein Porträt der berühmten Sängerin Bilington, welche Reynolds als h. Cäcilia, die den Chören der Engel in den Lüften zuzuhorchen scheint, gemalt hat. Haydn betrachtete das Bild und rief dann zur Sängerin: „Das Bild hat einen großen Fehler, Sie sind hier gemalt, als hörten Sie den Engeln zu; er hätte Sie malen sollen, wie die Engel Ihnen zuhören"]. — Ersch und Gruber, Allgemeine Encyklopädie der Wis- senschaften und Künste, II. Section, 3. Theil. S. 239—256 [trefflicher Artikel von Fröhlich]. — Frankfurter Konversationsblatt 1836, Nr. 83: „Iffland und Haydn". [Theater- director Schmidt, Herausgeber der „Erinne- rungen eines Weimarischen Veteranen", erzählt in diesem Büchlein seinen Besuch bei Haydn (1807), der im obigen Journal abgedruckt ist; auch nachgedruckt im „Omnibus", Beilage der (Brünner) Neuigkeiten 1836, Nr. 30; im „Intelligenzblatt zur Salzburger Landes- zeitung" 1836, Nr. 40; in der „Linzer Zeitung" 1836, Nr. 103; in den (Prager) „Erinnerun- gen" 1836, S. 133, mit Haydn's Lithogr. Porträt; in der „Schlesischen Zeitung" 1836, Nr. 137.] — Dasselbe, Jahrg. 1836, Nr. 240: „Aus Joseph Haydn's Leben". [Die Erzählung des Vorfalles, wie Haydn als Knabe auf Befehl der Kaiserin Maria Theresia für Lärmmachen und Herumklettern auf den Ge- rüsten des eben im Baue begriffenen Schön- brunner Schlosses einen recenten Schilling von seinem Lehrer Reuter erhielt. Unter dem Titel: „ein recenter Schilling" abgedruckt in der „Oesterreichischen Zeitung" 1836, Nr. 465; auch nachgedruckt im „Sonntagsblatt", Bei-

blatt zur „Neuen Salzburger Zeitung" 1836, Nr. 42.] — Frankl (L. A.), Sonntagsblätter (Wien, 8°.) IV. Jahrg. (1845), Nr. 44, S. 1008; — V. Jahrg. (1846), Beilage Nr. 6, S. 131: „Haydn und Tomaschek"; S. 156: „Haydn und Weigl", von J. Fuchs. — Der Frei- schütz (Hamburger Unterhaltungsblatt, 4°.) 1837, S. 22: „Ein Brief von Joseph Haydn" [ohne Datum, an ein Mädchen gerichtet und enthält Mittheilungen über sein Leben. Jos. Ferd. Weigl, in dessen Händen das Original dieses Briefes sich befand, hat denselben ver- öffentlicht; nachgedruckt in Lewald's „Europa" b. J., S. 186, und im „Frankfurter Konver- sationsblatt" 1837, Nr. 8]. — Gallerie der berühmtesten Tonkünstler des achtzehnten und neunzehnten Jahrhunderts (Erfurt 1816, Joh. Karl Müller, 8°.) Zweite wohlfeilere Ausgabe, 2. Bd. S. 1: „Wolfgang Amadeus Mozart und Joseph Haydn. Versuch einer Parallele"; S. 79: „Karakterzüge aus Haydn's Leben". — Gaßner (J. S.), Universal- Lexikon der Tonkunst. Neue Handausgabe in einem Bande (Stuttgart 1849, Frz. Köhler, Lex. 8°.) S. 414 [ein für das einbändige Lexikon verhältnißmäßig großer und mit warmer Begeiste- rung für den Meister geschriebener Artikel]. — Gazzetta musicale di Milano. Anno VIII (1850), Nr. 1, p. 2: „Haydn al teatro della Wieden". — Gerber (Ernst Ludwig), Histo- risch-biographisches Lexikon der Tonkünstler (Leipzig 1790, Breitkopf, gr. 8°.) Theil I, Sp. 609—612 [nach diesem geb. 31. März 1733]. — Desselben Neues historisch-biogra- phisches Lexikon der Tonkünstler (Leipzig 1812, A. Kühnel, gr. 8°.) Theil II, Sp. 533—604 [von allen lexikalischen Artikeln über Haydn nach jenen von Fröhlich in der Ersch und Gruber'schen Encyklopädie, unstreitig der gediegenste, reichhaltigste und wegen der ziemlich vollständigen Angabe der Ausgaben seiner Tonstücke mit Jahresangabe, noch immer unentbehrlich]. — Gräffer und Czi- kann, Oesterreichische National-Encyklopä- die (Wien 1833, 8°.) Bd. II, S. 525. — Hamburger literarische und kritische Blätter 1848, S. 1010 u. f.: „Haydn's Jugendjahre", von Ad. Adam. — Hor- mayr's Archiv für Geographie, Historie, Staats- und Kriegskunst (Wien, 4°.) 1819, Nr. 124: „Haydn in England". — Der Humorist, von M. G. Saphir, VI. Jahr- gang (1842), Nr. 119 und 120: „Joseph Haydn und sein Orchester in Esterhaz", von Franz Falt. Die Namen der Mitglieder, aus denen

das von H. dirigirte Orchester des Grafen
Esterházy bestand, gibt Gerber's „Neues
historisch-biographisches Lexikon der Ton-
künstler", Bd. II, Sp. 540, an. — Die
Illustrirte Welt. Blätter aus Natur und
Leben, Wissenschaft und Kunst (Stuttgart,
Hallberger, schm. 4⁰.) II. Jahrg. (1854),
S. 2, 10, 17 und 26: „Joseph Haydn". Von
M. Lehmann [eine das Wesentlichste aus
Haydn's Leben enthaltende, anregend ge-
schriebene Lebensskizze]. — Journal des
Luxus und der Mode (Weimar, 8⁰.) 1805,
Juli, S. 444 u. f.: „Haydn's Jugend". —
Landau (Hermann Joseph), Neuer Haus-
schatz für Freunde der Künste und Wissen-
schaften (Hamburg 1859, B. S. Berendsohn,
8⁰.) I. Theil (Musik), S. 61—74 [enthält
viele treffliche, zum Theil bekannte Züge aus
Haydn's Leben]. — Das Linzer Wo-
chen-Bulletin, redig. von J. A. Rossi,
1854, Nr. 42: „Haydn in England". —
Libussa. Taschenbuch, herausgegeben von
Paul Alois Klar. In den Jahrgängen
1845, 1846, 1847, 1848, 1849 und 1850 ist
Tomaschek's Selbstbiographie enthalten,
der darin auch seiner Begegnung mit Haydn
gedenkt. — (De Luca) Das gelehrte Oesterreich (Wien 1778, Trattnern, 8⁰.) I. Bandes
2. Stück, S. 309 [nennt ihn Hayden, nach
diesem geb. 31. März 1733]. — Magazin
für Literatur des Auslandes (Berlin, kl. Fol.)
Jahrg. 1852, Nr. 2: „Aus Haydn's Leben",
nach Giuseppe Carpani. — Mainzer
Unterhaltungsblätter 1843, Nr. 147—
149: „Joseph Haydn's Jugend". — Milde
(Theodor), Ueber das Leben und die Werke
der beliebtesten deutschen Dichter und Tonsetzer (Meissen 1834, Goedsche, kl. 8⁰) Zweiter
Theil, S. 39—44 [nach diesem geb. 31. März
1732]. — Morgenblatt für gebildete
Stände (Stuttgart, Cotta, 4⁰.) Jahrg. 1809,
Nr. 145; 1819, Nr. 161: „Haydn in England".
— Nouvelle Biographie générale ...
publiée par MM. Firmin Didot frères,
sous la direction de M. le Dr. Hoefer
(Paris 1850 et seq.) Tome XXIV, Sp. 646—
658. [Man vergleiche diese Biographie in einem
ausländischen biographischen Werke, welches
denkwürdige Menschen aller Nationen und
Stände enthält, mit jener in Schladebach's,
von Julius Bernsdorf fortgesetztem „Universal-Lexikon der Tonkunst", das sich mit Musikern allein befaßt, und wird finden, wie
diese deutschen Lexikographen für die Heroen
der Künste und Wissenschaft ihrer eigenen
Heimat wenig Pietät besitzen. Ein Lexikon wie
das letztgenannte, hätte doch einen anderen
Beruf als den, einen wässerigen Artikel einem
anderen Lexikon nachzuschreiben.] — Oesterreichs Pantheon (Wien 1830, Adolph,
8⁰.) Theil I, S. 96—112 [nach diesem geb.
31. März 1732]. — Oesterreichs Walhalla (von Triml) (Wien 1849, Pichler's
Witwe, 16⁰.) S. 9 und 51 [mit der fehlerhaf-
ten Angabe des 30. Mai 1807, statt des
31. Mai 1809 als H.'s Todestag]. —
Orpheus. Musikalisches Taschenbuch für
1841 (II. Jahrg.): „Biographie Haydn's",
von August Schmidt [theilt zugleich eine
Beschreibung der beiden Denkmäler in Rohrau
und Eisenstadt mit ihren geschichtlichen Beziehungen und Inschriften mit]. — Pappe (J.
J. G.), Lesefrüchte (Hamburg, 8⁰.) 1820,
Bd. III, Stück 26—29: „Notizen über Haydn
und Mozart" [aus dem Maiheft 1820 der
„Edinburgh Review"]. — Neuer Plutarch
oder Biographien und Bildnisse der berühmtesten Männer und Frauen aller Nationen und
Zeiten (Pesth, Wien und Leipzig 1858, Hart-
leben, kl. 8⁰.) Bd. II, S. 21. — Realis,
Curiositäten- und Memorabilien-Lexikon von
Wien (Wien 1846, Lex. 8⁰.) Bd. II, S. 13.
— Schwaldopler, Historisches Taschenbuch. Mit besonderer Hinsicht auf die öster-
reichischen Staaten (Wien, Doll, kl. 8⁰.)
I. Jahrg. (1801), S. 233; — II. Jahrg.
(1802), S. 200; — III. Jahrg. (1803),
S. 117. — Theater-Almanach, herausg.
von Iffland, Jahrg. 1811, S. 181. —
Theater-Zeitung, von Adolph Bäuerle
(Wien, 4⁰.) VII. Jahrg. (1812), Nr. 4: „Züge
aus H.'s Leben". — Dieselbe, 32. Jahrg. (1839),
Nr. 74: „Haydn und der Sturm". — Universal-Lexikon der Tonkunst. Angefangen
von Dr. Julius Schladebach, fortgesetzt
von Eduard Bernsdorf (Dresden, Arnold
Schäfer, gr. 8⁰.) Bd. II, S. 352 [vergl. dane-
ben: Nouvelle Biographie etc.]. —
Vaterländische Blätter, herausgegeben
von J. M. Armbruster (Wien). Jahrg.
1808, S. 210; — Jahrg. 1810, S. 203 und
216. — Wiener allgemeine Musik-
Zeitung. Redigirt von Ferdinand Luib
(Wien, 4⁰.) Jahrg. 1846, Nr. 84, S. 333:
„Haydn in England" [einzelne Momente aus
seinem Aufenthalte in London]. — Dieselbe,
Jahrg. 1848, Nr. 62: „Von Haydn's äußer-
lichem Charakter, Gewohnheiten"; Nr. 63:
„Haydn's Tagesordnung". — Neue Wiener
Musik-Zeitung, herausg. von F. Glöggl,

1858, Nr 39: „Iffland und Haydn". — Wiener Zeitung, Abendblatt, 1860, Nr 210: „Haydn in London" [aus Karajan's gleichnamiger Schrift]. — Zeitgenossen (Leipzig, Brockhaus, gr. 8°) Dritte Reihe, Bd. IV, S. 1—37.

III. Chronologie zu Joseph Haydn's Leben.

1732, 31. März: wird Haydn zu Rohrau in Niederösterreich an der ungarischen Grenze geboren. Es finden sich oft die Angaben des 30. März und 1. April als H.'s Geburtsdatum. Mit dem Geburtstage Haydn's geht es so wie mit dem manches andern großen Mannes. Nach Dies, der nach Haydn's mündlichen Mittheilungen das Datum festsetzt, wäre H. am 30. März geboren; nach Griesinger, Gerber, Gaßner fällt sein Geburtstag auf den 31. März; nach der „Gallerie der berühmtesten Tonkünstler" (Erfurt 1816, Karl Müller, S. 79) und dem Denkmale im Schloßparke zu Rohrau ist er gar am 1. April geboren. Die Anderen wechseln in den drei obigen Angaben ab und, was das schlimmste ist, der in der „Wiener allgem. Musik-Zeitung" 1847, Nr. 114, mitgetheilte Auszug aus dem Pfarrprotokolle gibt den 1. April 1732 als das Geburtsdatum an. Haydn, der nach dem Pfarrprotokolle Franz Joseph heißt, ist der älteste Sohn aus der ersten Ehe seines Vaters. Haydn's Vater hatte in erster Ehe 9, in zweiter Ehe 5 Kinder.

1737, 14. September: wird H.'s berühmter Bruder Michael geboren.

1742: Haydn, damals noch Chorknabe bei St. Stephan, componirte eine kleine Messe für Singstimmen. H. fand diese Composition im Jahre 1803 wieder und freute sich sehr darüber. [Gerber, Neues Lex. Bd. II, Sp. 593.]

1750: Haydn's erstes Quartett, geschrieben für Hrn. v. Fürnberg.

1753: Haydn componirt die Oper: Der krumme Teufel [siehe: Dies, S. 40; Griesinger, S. 18].

1754, 23. Februar: starb Haydn's Mutter Maria zu Rohrau; sie war eine geborne Koller, Tochter des Rohrauer Marktrichters und seit dem 24. November 1728 mit Mathias Haydn verehlicht.

1759: wird H. bei dem Grafen von Morzin als Kammercompositeur angestellt und componirte in diesem Dienste seine erste Symphonie; — in diesem Jahre heirathete Haydn.

1760, 19. März: wurde H. Vice-Capellmeister in Diensten des Fürsten Anton Ester-

bázy und diente unter drei Fürsten dieses kunstsinnigen Geschlechts.

1763, 11. Jänner: wird die vierstimmige Oper: „Acide und Galatea" zu Ehren der Vermäluna des Grafen Anton Esterházy mit Therese Gräfin Erdödy zum ersten Male in Eisenstadt aufgeführt; — 14. September: starb Haydn's Vater Mathias, Wagnermeister, Halblehner und Marktrichter zu Rohrau.

1768: componirt Haydn die Oper „Lo Speziale".

1770: erkrankte Haydn an einem hitzigen Fieber, welches ihn lange arbeitsunfähig machte; — im nämlichen Jahre componirte er auch die Oper „Le pescatrici".

1773, im September: wird die Burletta: „L' Infedeltà delusa" zu Esterház in Gegenwart der Kaiserin Maria Theresia gegeben; — im nämlichen Jahre componirte H noch „Philemon und Baucis", Marionetten-Oper, Lieblingsstück der Kaiserin Maria Theresia; — in dieses Jahr fällt auch Composition und Aufführung seines Marionettenfestes: „Der Hexenschabbas".

1775: wird Haydn's Oratorium: „Il Ritorno di Tobia" zum ersten Male in Wien aufgeführt.

1777, im Sommer: findet die Aufführung der Marionetten-Operette: „Genoveva's vierter Theil" zu Esterház Statt; — im nämlichen Jahre jene seiner Oper: „Il mondo della luna".

1778: Aufführung der parodirten Marionetten-Operette „Dido" zu Esterház.

1779: „La vera costanza. Dramma giocoso", in Esterház aufgeführt. Diese Oper wurde auf Verlangen des kaiserl. Hofes von H. für das Hoftheater in Wien componirt. Die Intriguen aber, welche der Aufführung entgegengestellt wurden, waren so groß, daß er die Oper zurückzog und in Esterház aufführen ließ, wo Kaiser Joseph unter den Zuhörern war.

1780: Aufführung zu Esterház des Dramma giocoso: „La fedeltà premiata"; — 14. Mai: ernennt die Akademie der Philharmoniker zu Modena Haydn zu ihrem Mitgliede.

1784, 4. Februar: sendet Prinz Heinrich von Preußen eine goldene Medaille mit seinem Porträte an Haydn als Erwiderung für die ihm von Haydn gesendeten 6 Quartette; — im nämlichen Jahre findet die Aufführung des Dramma eroico „Armida" zu Esterház und des Oratoriums „Il Ritorno di Tobia, Azione sacra" in Wien Statt.

1785: wird Metastasio's von Haydn componirte vierstimmige Cantate „L' Isola disabitata" von der Akademie der Philharmoniker in Modena aufgeführt.

1787, 21. April: sendet König Friedrich Wilhelm dem Meister als Anerkennung für seine Compositionen einen prächtigen Diamantring.

1790, 28. September: verliert Haydn seinen Gönner und hochherzigen Mäcen, den Fürsten Nikolaus Esterházy, dem er 30 Jahre lang gedient; der Fürst wies ihm eine lebenslängliche Pension jährlicher 1000 fl. zu; — 13. December: hatte H. kurz vor seiner Abreise nach England Audienz bei dem Könige von Neapel, der damals gerade in Wien war. Der König empfing ihn sehr huldvoll und lud H. zu einem Besuche nach Neapel ein [Karajan, S. 20]; — 15. December: trat H. mit dem Violinspieler Salomon, der ihn in des Londoner Theaterdirectors Gallini Auftrag unter vortheilhaften Bedingungen für London gewonnen hatte, seine Reise von Wien nach England an. Mozart verlebte mit H. den ganzen Tag; — 26. December: ist Haydn in Cöln, wo der Churfürst selbst nach der Messe den großen Meister seinen Virtuosen im Oratorium vorstellte, und H. überhaupt eine höchst ehrenvolle Aufnahme fand.

1791, 2. Jänner: langte Haydn auf seiner ersten Reise nach England in London an. Burney feierte H.'s Ankunft durch ein besonders ausgegebenes Festgedicht; — 23. Februar: fand H.'s erstes Concert in London Statt, in welchem er eine neue Symphonie in D vortrug; — 15. Juni: Haydn besuchte in London den großen Astronomen Herschel auf seinem Landgute Hough bei Windsor. Herschel zeigt ihm sein Riesen-Teleskop; — Ende Juni: wird H. zu Orford zum Doctor der Tonkunst graduirt, eine Ehre, deren selbst der in England hochgefeierte Händel nicht theilhaft geworden [Karajan, S. 33]; — November: Mehrere Tage d. M. verlebte H. auf dem Landgute eines englischen Lords 100 Meilen von London; des Lords Name ist nicht genannt [Karajan, S. 98]; — 24. November: war H. bei dem Herzoge von York nach Catland, 18 Meilen von London, gebeten, wo ihm seltene Ehren zu Theil wurden; — 14. December: bewirthete Shaw, ein Enthusiast H.'s den Tonkünstler in höchst ehrenvoller Weise [siehe: Griesinger, S. 43].

1792, 24. Juli: war H. nach seinem ersten 1½jährigen Aufenthalte in England wieder nach Wien zurückgekehrt [Gerber gibt dieses Datum an im Neuen Lex. d. Tonk. Bd. 11, Sp. 341; — Karajan, S. 53].

1793, 22. u. 23. December: dirigirt H. in Person die 6 für das Londoner Concert geschriebenen Symphonien im Wiener kais. Nationaltheater zum Besten der Witwen und Waisen.

1794, 19. Jänner: trat H. seine zweite Reise nach England an und sein Aufenthalt daselbst erstreckte sich wieder auf 1½ Jahr; — 4. Februar: Ankunft H.'s in London; — 14. November: fuhr H. mit Lord Avingdon nach Preston zum Baron von Aston.

1795, 1. Februar: wirkte H. an einer Abendmusik bei dem Herzoge von York, Bruder des Prinzen Wales mit, welcher die König, die Königin und die königliche Familie beiwohnten; — 4. Mai: Haydn's Benefice im Haymarkettheater, in welcher er die 12. englische Symphonie vortrug. Die Einnahme betrug 4000 fl. [Griesinger, S. 53]; — 1795, 10. April: war H. zur Abendmusik bei dem Prinzen Wales in Carltonhouse geladen; ebenso den 15., 17. und 19 d. M.; — 21. April: war H. in Buckinghamhouse beim Könige gebeten; — 15. August: verließ Haydn London nach seiner zweiten Anwesenheit in dieser Weltstadt. Dieser zweite Aufenthalt vermehrte sein Vermögen um 12.000 fl.; — 20. August: kommt H. von seiner zweiten Reise nach England in Wien an.

1796: In diesem Jahre componirte H. die In tempore belli überschriebene Messe Nr. 2.

1797, 28. Jänner: erhielt H.'s Volkshymne von dem Imprimatur von dem Grafen Saurau; — 12. Februar: als dem Geburtstage des Kaisers Franz, wurde H.'s Volkshymne in allen Theatern Wiens und in jenem von Triest, wo eben der Erzherzog Ferdinand anwesend war, feierlich abgesungen. H. erhielt dafür ein ansehnliches Geschenk und das Bildniß seines Kaisers zur Belohnung [Wiener Musik-Zeitung 1842, Nr. 126]; — 11. December: wird H. beständiger Beisitzer der musikalischen Witwengesellschaft in Wien. Die Grafen Kuefstein und Esterházy führen den Meister in die Gesellschaft ein.

1798, 5. September: wird H Mitglied der Akademie der Wissenschaften und Künste in Stockholm.

1799, 19. März: wird Haydn's „Schöpfung" zum ersten Male öffentlich im Wiener

National-Hoftheater gegeben; die Einnahme betrug 4088 fl. 30 kr.

1800, im Sommer: Haydn's Frau starb in Baden. Sie hatte ihm keine Kinder geboren, ihm durch ihre Unverträglichkeit und ihr reizendes Wesen das Leben verbittert, und nur ein Charakter wie der seinige, so gottergeben und sanft, konnte durch viele Jahre das bittere Loos geduldig ertragen; — 24. December: findet die Aufführung „der Schöpfung" in Paris im großen Operntheater auf das Glänzendste Statt.

1801, 24., 27. April und 1. Mai: findet die dreimal wiederholte erste Aufführung der „Jahreszeiten" im fürstlich Schwarzenberg'schen Saale zu Wien Statt; — 4. Mai: nimmt die Akademie der Künste zu Amsterdam H. unter ihre Mitglieder auf; — im August: Die vereinigten Tonkünstler der großen Oper (127 an Zahl) übersandten nach Aufführung der „Schöpfung" an Haydn eine große goldene, von Gatteaux gestochene, mit Haydn's Brustbild geschmückte Medaille, begleitet von einem höchst ehrenvollen Schreiben.

1802, 8. Februar: bittet Kotzebue von Weimar aus den Meister, den Schlußchor des 1. Actes für sein Schauspiel „die Hussiten in Naumburg" zu componiren; die anderen Chöre des Stückes componirten die besten Meister seiner Zeit. Haydn erklärte sich für zu alt und kränklich um diesen Wettstreit zu bestehen und lehnte ab; — 10. April: wird Haydn's „Schöpfung" zum ersten Male in Prag aufgeführt; — 23. December (3. Nivose an X): ernennt das Institut national des sciences et arts H. zum auswärtigen Mitgliede der „Classe de litterature et beaux arts".

1803, 10. Mai: übersandte der Magistrat der Stadt Wien an H. die zwölffache goldene Bürgermedaille in Anerkennung der unentgeltlichen Concerte, welche H. für die armen Bürger Wiens gegeben; sie hatten die reine Summe von 33.169 fl. eingebracht; — in diesem Jahre übersendete auch die Gesellschaft, betitelt: Concert des amateurs de Paris an H. eine von Gatteaux geschnittene Medaille [siehe: IX. Medaillen, Haydn zu Ehren geprägt, S. 30, Nr. 3].

1804, 16. März: Zelter's Brief an H., worin er ihn um kirchliche Compositionen bittet; was Zelter von H. hielt, beweist die kurze Ueberschrift auf Haydn's Messe Nr. 4, zu der Zelter selbst die Partitur setzte und darauf schrieb: Opus summum viri summi J. Haydn; — 1. April: erhielt

H. von der Stadt Wien das Diplom eines Ehrenbürgers.

1805, im Jänner: wird das Theater in Turin mit Haydn's „Armida" eröffnet; — 20. Mai: starb Johann Haydn in Eisenstadt als fürstlich Esterházy'scher Hofsänger; — 23. Juni (7. Messidor an XIII): nimmt das Conservatoire de Musique in Paris H. unter seine Mitglieder auf; — 11. Juli: wird H. Ehrenmitglied der philharmonischen Gesellschaft zu Laibach.

1806, im März: besuchte Cherubini den Meister und erbat sich von ihm eine seiner Original-Partituren zum Andenken, H. gab ihm jene einer Symphonie; — 10., nach Anderen 8. August: starb Haydn's Bruder Michael in Salzburg. Dieser traurige Fall erschütterte sehr H.'s Gesundheit. Schon im Sommer dieses Jahres nahmen seine Kräfte so sichtlich ab, daß das Clavier aus seinem Zimmer entfernt werden mußte, weil er sich durch beständiges Spielen zu sehr aufregte; — 26. November: benachrichtigt Fürst Esterházy in einem Briefe Haydn, daß er ihm zu dem bisherigen Bezuge noch 600 fl. beifüge, um ruhig und zufrieden leben zu können.

1807, 30. December: Die Société académique des enfans d'Apollon ernennt H. zu ihrem Mitgliede und übersendet ihm eine goldene Medaille. — Auch machte er sich in diesem Jahre gegen günstige Bedingungen verbindlich, daß alle seine Bücher, Musikalien, Manuscripte und Medaillen nach seinem Tode dem Fürstenhause Esterházy anheimfallen sollten. In Eisenstadt befindet sich auch wirklich ein merkwürdiges Haydn-Museum.

1808, 27. März: wird in Haydn's Gegenwart dessen „Schöpfung" im Universitätssaale von der Gesellschaft des Liebhaber-Concertes ausgeführt; es war der größte Triumph, den der Genius feierte; Collin verherrlichte ihn in einem schwungvollen Gedichte [Griesinger, S. 85]. Dieser Vorfall ist unter dem Titel „Haydn's Apotheose" oft erzählt; — 29. Mai: Die philharmonische Gesellschaft zu St. Petersburg zeichnet H. durch Verleihung einer goldenen Medaille aus; — 23. Juli: übersendet ihm Fürst A. Kuralin dieselbe im Namen der philharmonischen Gesellschaft von St. Petersburg [siehe: IX. Medaillen, Haydn zu Ehren, S. 31, Nr. 6].

1809, 17. Mai: erhielt und empfing H. den letzten Besuch; es war ein Capitän der französischen Armee Namens Clement Sulemy, der den Meister der Töne sehen

wollte, und dem es H. auch gewährte; —
10. Mai: erschreckte ein Kanonenschuß der
bei der Mariahilfer Linie vorrückenden Franzosen H. so sehr, daß er von diesem Tage
an sichtlich verfiel; — 26. Mai: Vier Tage
vor seinem Tode spielte H. dreimal hintereinander sein Lieblingslied, die österreichische
Volkshymne, mit einem Ausdrucke, worüber er
sich selbst wunderte; — 31. Mai: Haydn's
Todestag. Er starb 77 Jahre, 2 Monate alt.
Sein Copist Elöler ließ auf des Malers
Dies Anrathen seine Todtenmaske abneh-
men; — 15. Juni: Haydn's Todtenfeier bei
den Schotten in Wien; — 12. September:
fand zu Berlin im Saale der Freimaurer-
loge seine Gedächtnißfeier Statt. [Die Beschreibung dieses Festes siehe im „Journal des
Lurus und der Moden" 1809, Octoberheft.]
 1820, 7. November: traf Früh 6 Uhr
Haydn's Hülle von Wien in Eisenstadt ein,
worauf um 9 Uhr die feierliche Beisetzung des
Leichnams in der Kirchengruft am Calvarien-
berge stattfand [Wiener allgem. Musik-Zeitung
1843, Nr. 119].
 1838, 15. April: Erste Aufführung von H.'s
„Schöpfung" in der Katharinenkirche zu Frankfurt a. M. Der Andrang war so groß, daß
Lebensgefahr entstand und Militär aufgeboten
werden mußte. 4000 Billets à 1 fl. 45 kr. wurden verkauft. Die ersten Künstler und Künst-
lerinen und Dilettanten, wie Gräfin Rossi,
Baronin Rothschild, wirkten mit.
 1840, 1. Juni: wurde im Sterbehause
Haydn's (Nr. 84 in der kleinen Steingasse
auf der Windmühle) die Erinnerung an seinen
Todestag gefeiert, das Haus führt seit diesem
Tage den Namen „Haydn-Haus" [Griesinger,
S. 65, gibt 73 als Hausnummer an].
 1841, 31. März: fand eine ähnliche Feier
zu Rohrau Statt [vergl. Sonntagsblätter von
Frankl, S. 842, Nr. 36].

**IV. Zur Geschichte einzelner Compositionen,
Anfänge von einigen derselben.**

1) Erstes Quartett.

Das erste Quartett componirte H. für
den Baron Fürnberg; H. zählte damals
18 Jahre; es fängt an:

2) Erste Symphonie.

Als Musikdirector in Diensten des Grafen
Morzin (1759) componirte H. seine erste
Symphonie; sie beginnt:

3) Die Schöpfung.

Theater-Zeitung von Ad. Bäuerle,
43. Jahrg. (1830), Nr. 220, S. 878: „Genesis
der „Schöpfung" von Joseph Haydn". —
Allgemeine Moden-Zeitung, redig.
von August Diezmann (Leipzig, 4⁰.) 1837,
Nr. 5: „Haydn's Schöpfung" [die erste Aufführung fand am 19. März 1799 in Wien
Statt]. — Frankfurter Konversationsblatt 1839, Nr. 260 und 261: „Joseph
Haydn's „Schöpfung". Ein Präludium, mitgetheilt von J. — Monatschrift für Theater
und Musik (Wien, 4⁰.) Jahrg. 1853, S. 412—
420: „Haydn's Schöpfung in Paris". Ein
Rückblick von Gathy. — Zeitung für die
elegante Welt 1801, im April: „Beurthei-
lung der „Schöpfung". — Leipziger musikalische Zeitung, III. Jahrg. S. 511:
„Französisches Urtheil über Haydn's Schöpfung".

4) Jahreszeiten.

Ueber die Entstehung von „Haydn's Jahreszeiten"; das Urtheil seines Bruders Michael
darüber siehe in Dies' „Biographische Nachrichten über Joseph Haydn", S. 180 u. f. — Leipziger musikalische Zeitung, III. Jahrgang, S. 575: „Ueber die erste Aufführung der
„Jahreszeiten" in Wien". — Wiener Zeitschrift für Mode, Literatur u. s. w., redig.
von Friedrich Witthauer, 1839, S. 1099:
„Musikfest in Wien. Haydn's Jahreszeiten",
von Carlo [ein zur Geschichte der Aufführungen
Haydn'scher Tonstücke gut benützbarer Arti-
kel].

5) Die sieben Worte Christi.

Die sieben letzten Worte Christi am Kreuze.
Ueber die Entstehung dieses Oratoriums
berichten ausführlich Dies am bezeichneten
Orte, S. 49, und Griesinger S. 32;
vergleiche auch Essay sur l'histoire de la
Musique en Italie par le Comte Orloff
(Paris 1822, 8⁰.) 2 Bde. — Abendblatt zur Neuen Münchener Zeitung
1859, Nr. 114, S. 451: „Joseph Haydn's
„Die sieben Worte des Erlösers am Kreuze",
von Schafhäutl [wird der Beweis hergestellt, daß diese Tondichtung, nicht wie von

Einigen vermuthet worden, von Haydn's Bruder Michael die gegenwärtige Form erhalten habe, sondern ursprünglich so von Haydn selbst componirt worden sei.

6) Il ritorno di Tobia.

Haydn's Oratorium. „Il ritorno di Tobia", welches er auf einen italienischen Text im Jahre 1774 componirte und das man seit dem Brande des Esterházy'schen Schlosses in Eisenstadt verloren glaubte, ist durch Franz Lachner's Bemühungen gefunden worden, wurde übersetzt und ist der Cyclus der diesjährigen (1861) Advent-Concerte in München mit der Aufführung desselben eröffnet worden. In Wien, wo es ein paar Male gegeben worden, soll seine letzte Aufführung im Jahre 1806 stattgefunden haben [Brünner Ztg. 1860, Nr. 233; — Süddeutsche Ztg. (München, Fol.) 1861, Nr. 536; — Allgem. Ztg. 1861, Beil. Nr. 307, S. 5008].

7) Die Volkshymne.

Allgemeine Wiener Musik-Zeitung, redig. von August Schmidt, II. Jahrg. (1842), Nr. 126 und Beilage: „Etwas über die österreichische „Volkshymne" von Joseph Haydn", von Anton Schmid [in der Beilage werden der erste Entwurf der Haydn'schen Melodie nach dessen Autograph und die Zingarelli'sche Melodie mit Hinweglassung der Instrumente mitgetheilt]. — Katholische Blätter. Herausg. vom kath. Central-Verein in Linz, X. Jahrg. (1858), Nr. 16 und 17: „Gott erhalte Franz den Kaiser" [Episode aus Haydn's Leben. Von L. Mühlbach; auch abgedruckt in den „Rheinischen Blättern" (Mainz, 4°.) 1857, Nr. 139, 143 u. f.; im „Sonntags-Blatt", Beiblatt zur Neuen Salzburger Zeitung, 1857, Nr. 37—49]. — Ein englischer Strumpffabrikant, William Gardiner, schickte H. für seine „Volkshymne" ein halbes Dutzend baumwollener Strümpfe, in welchen die Melodie: „Gott erhalte Franz den Kaiser" und einige andere beliebte Melodien Haydn's eingewirkt waren. Dieses Geschenk (1804) scheint in den damaligen Kriegswirren nicht an Haydn's Adresse gelangt zu sein. — Nicht uninteressant dürfte es sein zu erfahren, daß ein österreichischer Musikfreund mit nicht geringem Erstaunen einst in einer katholischen Kirche Breslau's von den Schulkindern das Meßlied auf die Melodie der österreichischen Volkshymne habe absingen hören [vergl. Schlesische Zeitung 1861, Nr. 190: „Eine Reminiscenz" (im Feuilleton)].

8) Die englischen Symphonien.

Die Anfänge von Haydn's 12 Grand Symphonies composed for Salomons Concerts 1791 and 1792 aus einem Londoner Verlags-Cataloge theilt S. 116 Th. G. v. Karajan in seiner Monographie: „Haydn in London 1791 und 1792", mit, und zwar deßhalb, „weil in deutschen Büchern nirgends klar gesagt ist, welche denn eigentlich aus der großen Zahl Haydn'scher Symphonien die zwölf Londoner seien".

9) Messe Nr. 2.

Haydn gab ihr den Namen: „In tempore belli". Sie ist 1796 componirt und es ist eine der anmuthigsten Tonmalereien im Agnus Dei und bei dem Dona nobis pacem darin enthalten [Griesinger, S. 117]. — Wieder eine andere im Jahre 1801 componirte Messe enthält auch im Agnus Dei qui tollis peccata Mundi im Misere zwei wunderbar schöne Tonmalereien," nach Haydn's eigenen Mittheilungen.

10) Haydn's Sonaten.

Riehl (W. H.), Musikalische Charakterköpfe. (Ein kunstgeschichtliches Skizzenbuch) (Stuttgart und Augsburg 1860, Cotta, 8°.) Zweite Folge, S. 302—339: „Haydn's Sonaten" [eine geistreiche ästhetisch-kritische Darstellung dieser zu wenig gewürdigten, öfter auch mißverstandenen Tonstücke. (Einiges daraus siehe später: XVI. Urtheile über Haydn, S. 31].

11) Die Ochsenmenuette.

Auf die Bitte eines Landsmannes, eines aus Rohrau gebürtigen Fleischers, hatte es Haydn zugesagt, für den Hochzeitstag der Tochter des Fleischers eine Menuette zu componiren. H. hielt sein Wort. In einer Nacht wird H. von Musikklängen, die ihm bekannt sind, geweckt. Er steht auf und sieht unter seinem Fenster einen bekränzten Ochsen stehen, umgeben von Spielleuten, welche H.'s Menuette blasen. Alsbald erschien auch der Fleischer, der H. diese in Tonluft den schönsten Ochsen zum Geschenke gebracht hatte. Daher erhielt diese Menuette den Namen der „Ochsenmenuette". Dieser Vorfall wird mit allerhand novellistischen Zusätzen hie und da erzählt, als z. B.: im Wiener Courier 1857, Nr. 282: „Das (sic) Ochsen-Menuette"; in der „Schaluppe zum (Danziger) Dampfboote" 1839, Nr. 87 und 88; im Mailänder Musikblatte L'Italia musicale (Milano, kl. Fol.) 1856, Nr. 53 e 54: „Il Minuetto di Haydn" [italienische Uebersetzung der Geschichte von der sogenannten „Ochsenmenuette"].

12) Das Rasirmesser-Quartett.
Haydn, der sich selbst rasirte, klagte über sein Rasirmesser, als er eben in der Function des Rasirens begriffen, den Besuch des Londoner Musikalienverlegers Bland bei sich hatte. „Ach, Herr Bland", rief Haydn unter den Martern seines Krazeisens aus, „ich wollte eine meiner besten Compositionen dafür geben, wenn ich nur ein englisches Rasirmesser hätte". Bland entfernte sich in seine nahgelegene Wohnung und holt sein bestes Paar, es Haydn überreichend. Haydn gab Bland eines seiner ungedruckten Quartette, welches Letzterer das „Rasirmesser-Quartett" nannte.

13) Die Abschiedssymphonie, ein Sextett in Fis minor.
Als Fürst Esterházy eines Sommers seinen Aufenthalt auf seinem Stammschlosse Esterház über mehr Wochen als gewöhnlich ausdehnte und die Musiker seiner Capelle — meist junge Ehemänner, welche ihre Frauen in Eisenstadt gelassen hatten — sich nach Hause, jedoch vergebens, sehnten, half ihnen Haydn, der bei dem Fürsten sehr viel galt und sich schon etwas erlauben durfte, aus der Noth. Er setzte eine neue Symphonie, in welcher jeder Mitspieler nach einer Weile sein Licht vor dem Notenpulte auslöschte und sich mit dem Instrumente entfernte. Endlich blieb H. allein übrig. Dieser Scherz, verbunden mit dem Charakter des Tonstückes, wurde von dem geistvollen Fürsten sogleich verstanden und schon für den folgenden Tag gab er Befehl zur Abreise. [Der in der „Musikalischen Zeitung" 1799, October, S. 14, erzählte Vorgang weicht wesentlich von der Wahrheit ab, welche Dies aus Haydn's Munde, S. 46 u. f., erzählt; vergl. übrigens auch Didaskalia. Frankfurter Unterhaltungsblatt, 1841, Nr. vom 19. Februar.]

14) Der schlaue und dienstfertige Pudel, in Verse gebracht und von Haydn componirt.
Im Jahre 1806 wurde dieses Lied bei Breitkopf und Härtel neu aufgelegt. Die Veranlassung dieser Composition erzählt Griesinger, S. 30.

15) Das Andante mit dem Paukenschlage.
Was man sich über den Ursprung dieses Tonstückes, wornach H. in London das während seiner Production schlafende Publikum durch einen plötzlichen Schlag auf die Pauke geweckt hätte, erzählt, stellte H. selbst in Abrede [Griesinger, S. 56] und bemerkte, er habe dieses Tonstück

bei seinem Wettspiel mit Pleyel (1792) eigens componirt, um auf brillante Art zu debütiren. Die Symphonie gefiel allgemein, aber beim Andante mit dem Paukenschlage erreichte der Beifall seinen höchsten Grad und H. mußte es wiederholen [ebenso berichtet auch Dies in seiner Biographie Haydn's nach dessen eigener Aussage S. 91; vergl. auch: „Brünner Zeitung" 1838, Nr. 30, und Essay sur l'histoire de la Musique en Italie par le Comte Orloff (Paris 1822, 8°.) 2 Bde.

16) Das 82. oder wie Griesinger bemerkt, richtiger 83. Quartett.

Andante grazioso.

Dieses ist dem Grafen Fries gewidmet und bei Breitkopf und Härtel in Leipzig erschienen. Es ist die letzte Composition Haydn's. Schon 1803 begonnen, fehlten ihm die Kraft und Laune es zu beenden; es besteht aus einem Andante und einer Menuette, und an des fehlenden Schlusses Statt ist jener Canon der Visitenkarte [siehe unten: XV. Einzelnheiten, Haydn betreffend, S. 36, Nr. 4] beigefügt.

17) Haydn's Inaugural-Tonstück zur Erlangung der Doctorwürde der Tonkunst in Oxford.
Es war nach Busby's „Geschichte der Tonkunst" folgendes:

Canon Cancrizans a 3 voci.

18) Sonate für Madame Moreau.

Betrifft eine von Haydn für Madame Moreau, Gemalin des berühmten Generals, 1803 gearbeitete Sonate, welche zuletzt in das Eigenthum des Pariser Verlegers Gerdes überging, von der Wittwe Lanner aber in die complete Sammlung der Werke Haydn's aufgenommen worden war, ohne daß diese das Eigenthumsrecht erworben hatte. Herr Gerdes klagte und sein Advocat verlangte eine Entschädigungssumme von 1800 Francs. Der Gerichtshof erkannte aber nach Anhörung der gewichtigen Gegengründe, welche der Advocat der Wittwe Lanner vorgebracht, die Forderung des Herrn Gerdes für unberechtigt, die von demselben vorgenommene Beschlagnahme der von der Wittwe Lanner herausgegebenen Sammlung der Werke Haydn's für null und nichtig, und verurtheilte denselben in die Kosten. [Frankfurter Konversationsblatt 1841, Nr. 138, S. 630: „Unbefugter Nachstich einer Sonate von Haydn".]

19) Orfeo und Euridice.

Diese Oper componirte H. für Gallini in London, der sie in dem neuen Theater, das er zu bauen begonnen, zum ersten Male geben wollte. Da aber Gallini es unterlassen hatte, zu seinem neuen Baue die Erlaubniß des Königs und Parlaments einzuholen, so mußte die Aufführung der Oper, die bereits vertheilt war, eingestellt werden. Offenbar war dabei die Intrigue anderer Unternehmer im Spiele. Die Oper kam auch später nicht zur Aufführung [Dies, S. 94].

20) Einige noch unbekannte Compositionen Haydn's.

Vor einigen Jahren stand, wenn ich nicht irre, in Bäuerle's „Volksboten" die Notiz, daß in Mariahilf, Siebensterngasse Nr. 91, im ersten Stocke, eine Spieluhr sich befinde, deren Besitzer behauptet, sie spiele mit der einzigen Walze 16 Stücke, welche sämmtlich von Haydn für diese Spieluhr componirt worden und nie im Drucke erschienen seien. Die Existenz dieser Notiz verbürge ich, nicht die Wahrheit derselben.

V. Briefe von Joseph Haydn. Die Ausbeute ist sehr klein und muß noch vieles hie und da unbeachtet und versteckt liegen; das Erheblichste ist, was im Anhange zu der interessanten Schrift von Th. G. von Karajan: „J. Haydn in London 1791 und 1792", in den Beilagen nach S. 37 abgedruckt ist, sie sind alle aus der Zeit 1789—1792 und an Frau von Genzinger, eine große Musikfreundin und Verehrerin Haydn's, gerichtet. — Einen Brief Haydn's, worin er den Antrag, eine opera buffa für das Prager Theater zu schreiben, ablehnt und sein schönes Urtheil über Mozart fällt, siehe in Griesinger, S. 120 und 121. — Einen zweiten an den Verleger seiner „Schöpfung", siehe ebenda S. 122. — Oesterreichische Zeitung 1837, Nr. 387: „Aus einem Briefe von Jos. Haydn" [auch abgedruckt in der Krakauer Zeitung 1838, Nr. 8], enthält Mittheilungen über sein Leben, die H. selbst in jener bescheidenen Weise macht, die ihn in seiner Größe noch größer darstellt. — Wiener allgemeine Musik-Zeitung, herausg. von Ferdinand Luib (begonnen von Aug. Schmidt), VII. Jahrg. (1847), Nr. 143: „Brief Joseph Haydn's an seinen Freund Roth, Proviantoberverwalter zu Prag, de dato December 1787" [über Mozart]. — Dieselbe, Nr. 132: „Ein Brief von Joseph Haydn, de dato 30. Juli 1802", mitgetheilt von L. C. Seydler.

VI. Ueber Haydn's Eltern, Familie und letzten Seitensprossen. Allgemeine Wiener Musik-Zeitung, herausgeg. von August Schmidt, III. Jahrg. (1843), Nr. 135: „Ein Actenstück zur Lebensgeschichte Joseph Haydn's" [wird ein Extract aus dem Grundbuche der Grafschaft Rohrau A. Fol. 68 und 1132 über die Behausung des Mathias Haiden (so schrieb sich Haydn's Vater) mitgetheilt; auch hier ist der erste April 1732 als Haydn's Geburtstag angegeben]. — Wiener allgem. Musik-Zeitung, redigirt von Ferdinand Luib (früher von August Schmidt), VII. Jahrgang, Nr. 114: „Nähere Daten über Joseph und Johann Michael Haydn's Eltern und Geschwister, in soweit dieselben aus den Protokollen der Pfarre Rohrau entnommen werden konnten". [Nach diesen wäre Joseph am 1. April 1732 geboren, welches Datum Haydn selbst jedesmal auf den 31. März berichtigte, wenn Jemand das kleine in Holz geschnitzte Modell des Monumentes, das in seinem Zimmer stand, bewunderte]. — Theater-Zeitung von Adolph Bäuerle (Wien, kl. Fol.) 46. Jahrg. (1852), Nr. 131, S. 510: „Haydn und die beiden Original-Porträte seiner Eltern". Eine Mystification, enthüllt von Jos. Ritter von Lucam. — Mathias Fröhlich war der letzte Seitensproße Joseph Haydn's; er war Schmiedemeister in Rohrau, Schwestersohn Michael und Joseph H.'s; er starb im Jahre 1843 im Alter von 76 Jahren zu Rohrau [so berichtet die allgemeine Wiener Musik-Zeitung 1843, S. 112]. Nun aber muß es damit, daß er der letzte Seitensproße Haydn's gewesen, doch nicht ganz richtig sein, denn L. A. Zellner's „Blätter für Musik" 1860, Nr. 63, S. 232, melden, daß vor Kurzem ein Brudersohn Haydn's zu Grabe getragen worden, der überdieß einen als Oeconomie-verwalter auf einer fürstlich Esterházy'schen Herrschaft angestellten Sohn hinterläßt. Also lebt noch ein Sohn von Haydn's Neffen.

VII. Haydn's Geburts- und Sterbehaus. Ansicht des Geburtshauses von J. Haydn in Rohrau (Wien, Diabelli, lith. Bl. in Quer-Fol.). — Dieselbe Ansicht im verkleinerten Maßstabe nach einer Federzeichnung von Berndt (lith., gr. 4⁰.). — Dieselbe (Zürch 1832), im Sonntagsblatte 1842, Nr. 36. — Abbildung des Hauses, in welchem Haydn zuletzt wohnte und starb. Gez. und lithogr. von Berndt (Wien, gr. 4⁰.). [Dieses und die von Berndt gezeichnete Ansicht des Geburtshauses befinden sich auch bei der weiter unten: XI. Denkmale und Monumente, Gedenkblätter, S. 32, zu Ende, beim „allegorischen Blatte" erwähnten Denkschrift.] — Realis, Curiositäten- und Memorabilien-Lexikon von Wien (Wien 1846, Lex. 8⁰.) Bd. II, S. 14: „Haydn-Haus". [Es ist das Haus Nr. 84 in der kleinen Steingasse auf der Windmühle; am 1. Juni 1840 fand daselbst ein Fest Statt, wobei diesem Hause der Name des „Haydn-Hauses" ertheilt und Haydn's Porträt dem Gebäude grundbücherlich einverleibt wurde. Das Hausschild zeigt eine gelbe Marmorplatte, worauf in goldener Schrift steht: „Zum Haydn".] — Eine analoge Feier fand am 31. März 1841 zu Rohrau Statt, welche Ritter von Lucam veranstaltete; es wurde Haydn's Bild in der von den Eltern bewohnten Stube aufgehängt, ein von Ritter von Lucam componirtes Lied:

„Gruß an Haydn's Geburtsstätte" gesungen und von L. A. Frankl eine Festrede in Versen [Sonntagsblätter 1842, S. 628] vorgetragen].

VIII. Porträts Haydn's. 1) Gestochen von W. Arndt (Leipzig, Breitkopf, 4⁰.); — 2) lithogr. bei André in Offenbach (kl. Fol.); auch Stahlstich ebenda (4⁰.); — 3) gestochen als Büste (wahrscheinlich von C. Pfeiffer) (Wien, bei Artaria, Fol.); — 4) gestochen en medaillon auf dem Titelblatte der Quartett-Ausgabe (Wien, bei Artaria, Op. 75 u. 76); — 5) nach A. M. Ott's Oelgemälde gest. von Bartolozzi (London 1791, Fol.) ganze Figur, am Schreibtisch sitzend; schönes und werthvolles Blatt; — 6) S. Benois jr. sc. (Fol.); — 7) gest. von Blaschke (8⁰.); — 8) Büste, T. Blood sc. 1824 (4⁰.); — 9) Vollinger sc. (Zwickau, Gebr. Schumann, 4⁰.); — 10) J. Dance del. 1794, W. Daniell sc. (Fol., Kreidemanier); — 11) gemalt von Guerin, gest. von Darcis [bei der Gesammtausgabe von Haydn's Streichquartetten] (Paris, Pleyel); — 12) gest. von G. Ender (Leipzig 1799, kl. 4⁰.); — 13) lithogr. von Eybl (Wien, Diabelli, Fol.), mit Facsimile von Haydn's Unterschrift; — 14) gestochen von W. Höfel nach der Colas'schen (numismatischen) Manier, in dem von Bohr und Höfel herausgegebenen Werke: Oesterreichs Ehrenspiegel (Wien, 4⁰.); — 15) lithogr. von Hoffmann (Wien, Paterno, Fol.), Kniestück; — 16) nach der Natur gemalt und gestochen von Hardy (London 1792, Fol.) ganze Figur, sitzend, mit einem Notenbuche in der Hand; schönes und selbst in England seltenes Blatt; — 17) lithogr. von Kriehuber, in einem Tableau mit Beethoven und Mozart zugleich (Wien 1831, Quer-Fol., ist nicht im Handel erschienen); — 18) lithogr. von Kunicke (Wien 1824, Fol.); — 19) auf einem Tableau mit acht anderen Componisten (Berlin, bei Kuhr, Fol.); — 20) gemalt von Mannsfeld, gest. von G. Klinger (Nürnberg 1786, 8⁰.), im „Journal für Deutschland"; — 21) gemalt von A. Chaponnier, gest. von Laurens (1803, 8⁰.); — 22) gestochen von Seb. Langer (8⁰.); — 23) gemalt und gestochen von J. E. Mannsfeld (Wien 1753, 8⁰.), mit musikalischen Instrumenten und Attributen, darunter ein Horazischer Spruch; — 24) nach Hininger gest. von Mayer (Dresden, Rob. Schäfer, hoch 4⁰.); — 25) lithogr. (Leipzig, C. H. Mayer, Fol.); — 26) Tableau mit Mozart, Beethoven und Haydn (nach Kriehuber, im verkleinerten Maßstabe), gezeichnet von M. Schein, gestochen von Mehl (Wien 1843); — 27) K. Müller sc. (4⁰.); — 28) farbig punctirt von Zitterer, gest. von Reidl (Wien, 8⁰., auch 4⁰.); — 29) gemalt von A. G. Mieninger, gest. von C. Pfeiffer (8⁰.) [vor Breitkopf's Ausgabe der Haydn'schen Werke]; — 30) gestochen von Queneden, Aquat. (Paris, Fol.) [gehört in eine Suite von 20 Porträts berühmter Musiker]; — 31) gestochen von Richomme (Paris, Fol.) [vor der Ausgabe der Haydn'schen Werke von Plevel]; — 32) A. Schall exc.; — 33) gestochen von H. Schmidt (Leipzig, Hinrichs, 4⁰.); — 34) nach Guttenbrunn gest. von Schiavonetti (London 1791, Fol.), ganze Figur, am Clavier im Componiren begriffen; kostbares und seltenes Blatt; — 35) nach Rösler gest. von Sichling (Leipzig, Breitkopf und Härtel, kl. Fol.); — 36) von C. Rösler gemalt, von Ph. Trier gest (Paris, 8⁰.) [im 1. Bande der bei Plevel erschienenen Pariser Ausgabe der Haydn'schen Quartette in Partitur]; — 37) gezeichnet von Irwachs, lithogr. von Waldow (Berlin, Schlesinger, Fol.); — 38) nach Irwachs gest. von Dav. Weiß (Wien), Medaillon; — 39) H. C. von Wintter lith. (Fol.); — 40) ohne Namen des Zeichners und Stechers (1803, 8 Stich), im 7. Jahrg. der „Leipziger allgem. musikalischen Zeitung"; — 41) in bloßer Contur schwach schattirt gest. ohne Angabe des Zeichners und Stechers (8⁰.), in der 2. Auflage von Carpani's Werk über Haydn, 1812; — 42) lithogr. (Leipzig, Gentze, 8⁰.); — 43) ohne Angabe des Stechers. Unterschrift Facsimile des Namens Jos. Haydn. D'après le Buste sculpté par le celebre Grassi de Vienne et tiré du Cabinet de Mr. le Chevalier de Neukomm. Feuillet-Dumas Editeur. Panorama d'Allemagne [es war eine Kunstbeilage des Panorama]. Schönes lebensvolles Porträt; — 44) ohne Angabe des Zeichners und Stechers in der zu Hildburghausen im bibl. Institute, gr. 8⁰., erschienenen Porträte-Sammlung: Walhalla. — Ein Oelporträt Haydn's und seines Bruders enthält auch die Bildergallerie der Gesellschaft der Musikfreunde in Wien. — Die „Wiener allgemeine Musik-Zeitung" 1848, Nr. 66, S. 239, unter den „Miscellaneen", erzählt die Geschichte, wie Reynolds das Porträt Haydn's malte, der auf keine Art dazu zu bringen war, heiter zu schauen. — Lavater charakterisirte Haydn's Schattenriß in seiner Sammlung mit den Versen:

Etwas mehr als Gemeines erblick' ich im
    Aug' und der Nase,
Auch die Stirn ist gut; im Munde 'was
    vom Philister,
welche eben nicht angethan sind, Proselyten
für die Physiognomie zu werden.

IX. **Medaillen, Haydn zu Ehren geprägt u. dgl.** m. 1) Avers: Haydn's sehr ähnliches Brustbild und sein Name als Umschrift. Revers: Antike Lyra mit einer Sternenkrone und folgender Umschrift: Hommage à Haydn, par les Musiciens, qui ont exécuté l'Oratorio de la Création du Monde au théâtre des Arts l'an IX de la Republique française an MDCCC. Diese Medaille ließen die Tonkünstler in Paris durch Gatteaur prägen und übersandten sie an Haydn im Jahre 1804 in einem Exemplare aus Gold. Sie wiegt in Silber, wovon ein Exemplar sich in der Sammlung der Gesellschaft der Musikfreunde in Wien befindet, 4¹/₂ Loth. — 2) Avers: Ein weiblicher Kopf (die französische Republik vorstellend), Umschrift: Inst. nat. des Sciences et d. Arts. Unter der Figur: Dumarest (Name des Graveurs) An. XI. und Constit. Art. 88. Revers: Ein Lorberkranz, in dessen Mitte sich die Worte befinden: Haydn Associé Etranger. Darüber ein Stern. Sie hat die Größe eines Thalers und wurde vom National-Institut der Wissenschaften und Künste in Paris 1802 an Haydn bei dessen Ernennung zum auswärtigen Mitgliede übersendet. — 3) Avers: Lorberkranz, welcher einen Stern und die Worte A Haydn einschließt. Revers: Säulenförmiger Dreifuß, auf welchem die Flamme lodert; auf jeder Seite eine Lyra durch einen Lorberzweig verbunden, über dem Ganzen die Worte: Le meme feu les anime. Ganz unten steht: Professeurs et Amateurs. Von Gatteaur 1803 geprägt im Auftrage der Gesellschaft „Concert des Amateurs". Die Medaille hat die Größe eines Thalers und wurde in einem goldenen Exemplare 1803 an H. eingesandt. — 4) Avers: Lorberkranz, in dessen Mitte der Vers von Ovid: „Emolit mores, nec sinit esse feros", darüber die strahlende Sonne (1807). Revers: Die siebenfaltige Lyra, durchflochten von zwei Lorberzweigen, auf der Lyra sitzt eine weiße Taube. Umschrift: Société Académique des Enfans d'Apollon. — 5) Avers: Apollo in der Rechten die Lyra, in der Linken einen Lorberkranz haltend, nebenan die Buchstaben R.(epublique) F.(rançaise) A(n) X; in der Umschrift: Conservatoire de Musique, unten:

Epoque de la Paix générale. Revers: Ein Lorberkranz, in welchem das Folgende steht: Fondé en 1789, organisé par la Loi du 18. Term. an. 5. J. Haydn. Diese Medaille hat die Größe eines Thalers. — 6) Avers: Vierfaitige Lyra, über dieser der Name: Haydn von einem Lorberkranze umgeben. Unten die Jahrzahl 1802. Revers: Die Inschrift Societas | Philharmonica | Petropolitana | Orpheo redivivo. Diese Medaille wurde auf Veranlassung der philharmonischen Gesellschaft in St. Petersburg zu Ehren Haydn's durch Karl Leberecht geprägt und im Jahre 1808 in einem goldenen Exemplare von 42½ Ducaten Schwere an ihr gesendet. Ein Exemplar in Silber 6 Loth schwer ist im Besitze der Gesellschaft der Musikfreunde in Wien [Abbildung und Beschreibung im Journale des Luxus und der Moden, September 1809, S. 598 und Tafel 27]. — 7) Avers: Haydn's Porträt mit Perrücke und gewöhnlicher Kleidung, links gekehrt mit seinem Namen. Revers: Folgende Inschrift: Natus an. MDCCXXX. (sic) Rohrau ad Viennam Austriae obiit An. MDCCCIX. In Thalergröße von Gatteaur 1818 geprägt. Befindet sich in der „Series numismatica universalis virorum illustrium". — 8) Avers: Das Bildniß Haydn's nach Arwachs' Wachsmedaillon von Lang gravirt mit der Umschrift: Jof. Haydn geboren 31. März 1732 zu Rohrau in Nied. Oest. Revers: Zeigt auf einer mit einem Lorberkranze umwundenen Platte abermals seinen Namen und Sterbetag: Haydn gestorben den 31. May 1809 in Wien. Als Randschrift ist die Veranlassung zu dieser Medaille angebracht: Herausgegeben zur Feier des hundertsten Jahrestages seiner Geburt. Fr. Glöggl gab 1832 diese Medaille auf Subscription heraus. Größe: ein Guldenstück. — 9) Avers: Haydn's Brustbild, in der Umschrift sein Name, Geburtsdatum (dieses irrig mit 1733 angegeben). Revers: Antike siebensaitige Lyra mit Lorberzweigen durchflochten, als Umschrift: Zur Heimat der Töne (den 31. Mai 1809). Auf Haydn's Tod von Voigt geprägt; Größe eines Guldenstückes. — 10) Bronzemedaille, von Durand geprägt. Auf beiden Seiten ist Haydn's Geburts- und Sterbedatum geprägt. — 11) Es besteht auch eine metallene (silberne?), einen Schuh im Durchmesser haltende, mit Füßen versehene Platte mit folgender Inschrift: Dr. Haydn, Dr. Arnold | Mr. John Stafford, Smith, and Mr. Atterbury declared their

readiness to cooperate with Dr. Cooke, Dr. Hayes, Dr. Dupuis, Dr. Parson, Mr. Calcott, the Rev. Osbone Wight, Mr. Webber, Mr. Shield and Mr. Stevens in their Exertions towards perfecting a Work for the Improvement of Parrochial Psalmody; as a smal Token of esteem, for his abilities and of gratitude for his services, this Piece of Plate is presented to Dr. Haydn by W. D. Tattersall. Diese Platte wurde in London an alle auf ihr genannten als Theilnemer an der Composition für Kirchengesänge vertheilt. — 12) Auch besaß H von seinem Aufenthalte in London eine runde elfenbeinerne Platte an einem blauen Bändchen mit „Professional Concert" 1791 auf der einen, und mit Mr. Haydn auf der andern Seite; durch deren Vorweizung war H. der freie Eintritt in die Londoner Haupttheater gestattet.

X. Büsten, Statuetten und Medaillons von Haydn. 1) Gypsbüste, in natürlicher Größe und antifer Form. 2 Schuh hoch. Von Grassi modellirt mit der Inschrift:

Tu potes tigres comitesque sylvas
Ducere et currentes rivos morari.

Ein Exemplar besitzt die Gesellschaft der Musikfreunde in Wien; diese Büste zählt zu den besten Werken Grassi's. — 2) Büste aus Biscuit (unglasirte feine Porcellanmasse). 13 Zoll hoch. Mod. von Grassi. Haydn in Perrücke und gewöhnlicher Kleidung. Darunter steht: Blandus auritas fidibus canoris ducere quercus. In der k. k. Porcellanfabrik zu Wien käuflich zu haben. — 3) Büste aus Biscuit, in stark verjüngtem Maßstabe (etwa 4½ Zoll hoch), ebenda. — 4) Gypsbüste in Lebensgröße nach der von Haydn's Gesicht abgenommenen Todtenmaske, mit Perrücke und im antiken Gewande. Höhe sammt Postament 2 Schuh. Haydn's Copist Johann Elßler, der Vater der berühmten Tänzerin, ließ sie abformen. — 5) Büste aus Gyps, 20 Zoll hoch, um 1830 gemacht; ein Exemplar davon besaß Alois Fuchs. — 6) Büste aus Gyps. Von Procop in Wien gemacht, 13 Zoll hoch. Nach der in der Bibliothek des Schlosses Rohrau auf Veranlassung des Herrn August Schmidt ursprünglich für das Denkmal in Rohrau von Procop auf Kosten des Grafen Harrach gearbeitet. Sie schmückt die Spitze des Denkmals. — 7) Gypsbüste in Lebensgröße nach der Natur modellirt. Steht im Musiksalon des Hofclaviermachers J. B. Streicher. — 8) Büste aus Wachs bossirt.

etwa 1 Fuß hoch, sprechend ähnlich; die Perücke aus Haydn's eigenen Haaren; die Kleidung, mit welcher das Bruststück ausgestattet, aus Stücken, welche Haydn einst selbst getragen. Unter Glassturz hatte sie Haydn bei Lebzeiten in seinem Zimmer stehen. Nach Haydn's Tode kaufte sie der Musikalienhändler Tobias Haßlinger, dessen Sohn Karl sie als kostbare Reliquie sorgfältig aufbewahrt. — 9) Statuette aus Bronze von den Bildhauern Fernkorn und Preleuthner 1842 verfertigt; 22 Zoll hoch; es waren auch Abgüsse davon in Gypsmasse im Handel zu haben. — 10) Büste aus Bronze, 7 Zoll hoch, von Fernkorn und Preleuthner. — 11) Wachsmedaillon, nach der Natur 1803 von Erwachs bossirt; in Form einer Camee, sehr ähnlich, später öfter von verschiedenen Künstlern und gut copirt. Das Original von Erwachs besaß Haydn selbst, nach dessen Tode es in den Besitz des k. k. (damaligen) Hofregistranten, dann Adjuncten im Ministerium des Innern, Jos. Hüttenbrenner, gelangte. — 12) Ein Brustbild Haydn's aus Gyps, halb erhaben auf blauem Grunde, besaß der Hofcapellmeister Jos. v. Eybler. — 13) Brustbild, in Wachs bossirt von dem großherzoglich badenschen Münzmeister W. Döll, 1844. — 14) Brustbild von Desoin in London. — 15) Gypsmedaillen von G. Eichler in Berlin, 2½ Zoll im Durchmesser.

XI. Denkmale und Monumente, Gedenkblatt. Karl B. Leonhard Graf von Harrach ließ Haydn während seines Aufenthalts in London in seinem Garten zu Rohrau, H.'s Geburtsort, ein Denkmal setzen. Auf drei Steinstufen erhebt sich ein etwa 10 Fuß hohes Postament, auf welchem musikalische Trophäen angebracht sind. Zwei Seiten, welche zunächst in's Auge fallen, sind mit Inschriften versehen, und zwar die eine mit:

DEM ANDENKEN
JOSEPH HAYDNS
DES UNSTERBLICHEN MEISTERS
DER TONKUNST
DEM OHR UND HERZ
WETTEIFERND HULDIGEN
GEWIDMET
VON
CARL LEONHARD GRAF v. HARRACH
IM JAHR 1793

Die andere Seite enthält folgende Inschrift:
ROHRAU
GAB IHM DAS LEBEN

IM JAHR 1732 DEN 1. APRIL *)
EUROPA
UNGETHEILTEN BEYFALL,
DER 31. MAI 1809
DEN ZUTRITT ZU DEN EWIGEN
HARMONIEN.

Diese Inschriften sind von Michael Denis verfaßt. Unter den musikalischen Insignien, welche auf dem Postamente angebracht sind, erblickt man Notenblätter mit Motiven aus Haydn's Compositionen, die Worte dazu dichtete die bekannte Dichterin Gabriele von Baumberg (nachmals vermählte Bacsányi). Auf einer Seite steht:

Ihr holden Philomelen
Belebet diesen Hayn
Und laßt durch tausend Kehlen
Dieß Lied verewigt seyn.

Auf der andern Seite:

Ein Denkmahlstein für Haydn's Ruhm
Weiht diesen Platz zum Heiligthum,
Und Harmonie klagt wehmuthsvoll
Daß dieses großen Meisters Hand,
Die stets Gefühl mit Kunst verband,
Daß diese Hand einst modern soll.

Von diesem Denkmale besaß Haydn selbst ein kleines Modell. — Die Leipziger musikal. Zeitung, II. Jahrg. S. 419, enthält die Beschreibung und Abbildung des von dem Grafen Harrach zu Ehren Haydn's im herrschaftlichen Parke zu Rohrau errichteten Denkmals. — Im Orpheus, musikalisches Taschenbuch, II. Jahrg. (1841), theilt August Schmidt eine genaue Beschreibung mit, sowohl des Denkmals in Rohrau, als desjenigen in Eisenstadt mit ihren geschichtlichen Beziehungen und Inschriften. — Gedenkblatt zur Erinnerung an die Feier des 25jährigen Bestehens der Gesellschaft der Musikfreunde des österreichischen Kaiserstaates durch Aufführung der „Schöpfung" von Jos. Haydn, den 5. November 1837 in Wien. Allegorisches Blatt in gr. Fol. Nach dem Entwurfe des Hrn. Joh. Ritter von Lucam, die Zeichnung der Randverzierungen von J. N. Geiger, die Lithographie von M. Fahrenbacher, die Schrift von Fr. Berndt, das Porträt (nach David Weiß) lithograph. von Ritter von Rabmannsdorf. In der Randeinfassung werden nebst musikalischen Attributen und anderen Verzierungen in 6 Medaillons die Hauptmomente in der Schöpfung bildlich dargestellt und jedem derselben die betreffende Musikstelle

*) Dieses Datum ist falsch [vergl. S. 22 die Chronologie, ebenan, und S. 23, VI].

aus Haydn's Oratorium beigefügt, den inneren Raum nimmt die Eingangs angedeu-
tete Veranlassung dieses Blattes und Haydn's
Porträt ein, unter welchem ein Spruch aus
seinen eigenen Worten angebracht ist. Die
Herausgabe dieses Gedenkblattes veranstaltete
im Jahre 1840 ein Kunstfreund auf Sub-
scription, auch wurde demselben eine Denkschrift zu dieser Jubelfeier beigegeben.

**III. Haydn's Testament, Tod, Begräbniß,
Uebertragung seiner Hülle nach Eisenstadt,
Grabstein und dessen Canon.** Schon im
Jahre 1805 brachten Pariser Journale die
Nachricht von Haydn's Tode, welcher dieselbe
glücklicher Weise noch 4 Jahre überlebte. Die
Pariser feierten damals das Gedächtniß des
vermeintlich verstorbenen Meisters durch ein
festliches Traueramt, bei welchem man
Mozart's großes Requiem aufführte. Als
Haydn davon Kenntniß erhielt, bemerkte er
in seiner gemüthlichen Weise: „Die guten
Herren! ich bin ihnen recht zu Danke ver-
pflichtet für die ungeahnte Ehre. Wenn ich
nur die Feier gewußt hätte, ich wäre selbst
dahin gereist, um die Messe in eigener Person
zu dirigiren." Ueber seinen Tod und die
nächste äußere Veranlassung ist Näheres in
der Lebensskizze (S. 116) berichtet. Hier
folgen einige Nachweise über sein Testament
und sein Grabdenkmal. Blätter für Musik,
Theater und Kunst von L. A. Zellner
(Wien, 4°.) 1855, Beilagen zu Nr. 91 u. 93:
„Der erste Entwurf von Jos. Haydn's Testamente". — Haydn's Grabdenkmal auf
dem Gottesacker vor der Hundsthurmer Linie
besteht aus einem einfachen Stein. Darauf
steht:

HAYDN
NATUS MDCCXXXII
OBIIT MDCCCIX
CAN. AENIGM. QUINQUE. VOC.

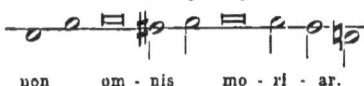

non   om - nis   mo - ri - ar.

D. D. D.
Discip. Eius Neukomm Vindob. Redux
MDCCCXIV

Allgemeine Wiener Musik-Zeitung,
redig. von August Schmidt, II. Jahrg.
(1842), Nr. 7: „Joseph Haydn's Denkmal
auf dem Gottesacker vor der Hundsthurmer-
Linie". [Da der alte Leichenstein, welcher die
Ruhestätte Haydn's bezeichnete, ehe dessen

irdische Ueberreste nach Eisenstadt gebracht
wurden, wo sie noch ruhen, zerfallen war, ließ
Graf von Stockhammer 1842 einen dem
alten ganz gleichen Leichenstein und mit dersel-
ben Inschrift durch den Steinmetzmeister
Zebek anfertigen]. — Dieselbe, Nr. 128:
S. 520: „Merkwürdiger Räthsel-Canon".
[Zur Lösung des obigen Räthsel-Canons
fordert Hieronymus Payer im obgenannten
Blatte auf. Dieser Räthsel-Canon ist von Sigm.
Ritter von Neukomm entworfen und der
auf dem Grabsteine weicht in Etwas von dem
Originale, welches die Pariser Gazette musicale
1843, Nr. 32, getreu mittheilt, ab. Vergleiche
über diesen Räthsel-Canon auch Jahrg. 1841,
Nr. 145, und 1842, Nr. 149 derselben Zeitung.]
— Dieselbe, III. Jahrg. (1843), Nr. 114:
„Noch ein Wort über den Räthsel-Canon des
Herrn Ritter Sigmund von Neukomm auf
dem Grabsteine Joseph Haydn's" [enthält meh-
rere Berichtigungen eines in der oberwähnten
Gazette musicale in Paris 1843, Nr. 32, abge-
druckten Artikels über Haydn]. — Dieselbe,
Nr. 119: „Ein Beitrag zur Biographie Joseph
Haydn's" [Beschreibung der Beisetzung der
Leiche Haydn's zu Eisenstadt am 7. Novem-
ber 1820]. — Allgemeiner musikali-
scher Anzeiger (Wien, 8°.) 1840, Nr. 17:
„Haydn's Grabes-Denkmal", von Leopold
Fitzinger. — Außer dem Grabsteine (Nr. 201)
auf dem Hundsthurmer Friedhofe befindet sich
ein Denkstein in der Pfarrkirche zu Eisenstadt
unter dem Thore links, wo Haydn am 7. November 1820 feierlich beigesetzt wurde. Die
Inschrift dieses letzteren lautet:

Joseph Haydn
Musicorum. Aevi. Sui. Princeps
Natus. Roraviae ad Lytham.
Pridie Calend. Maj. MDCCXXXII.
Celss. Princ. Nicolai. Esterházi de Galantha.
Chori. Music. Praefectus. Celeberrimus.
Qui Salvatoris. Nostri. Verba. Septem.
Creationem. Mundi. Et Quatuor. Anni.
Tempora.
Sublimia. Modulatus. Mele.
Immortalem. Sibi. Comparavit. Gloriam.
Fugandi. Curas. Artifex. Et. Mulcendi.
Pectora. Primus.
Ab. Amplissima. Scientiarum. Universitate.
Oxoniensi.
Creatus. Musicae. Artis. Doctor.
Vir. Pius. Probus. Mansuetus. Insigniter
Beneficus.
Mortuus. Vindobonae.
Pridie. Calendas. Juni. MDCCCIX.

Annorum LXXVII.
Maecenatis. Sui. Studio.
Anno MDCCCXX Solemn. Ritu. Huc. Trans-latus.
Hoc. Conditur. Tumulo.

[Realis, Curiositäten-Lexikon (Wien, gr. 8°.) Bd. II, S. 14. — Die Uebersetzung der Inschrift in deutscher Sprache in Frankl's Sonntags-blättern 1845, S. 1008.] — Conversations-blatt, redigirt von Franz Gräffer (Wien, 8°.) II. Jahrg. (1820), Nr. 144: „Haydn's Hülle zu Eisenstadt am 7. November 1820", von Franz Burgerth. — Abbildungen des Grabmonumentes. Von Haydn's Grab-denkmale im Wiener Friedhofe bestehen folgende Abbildungen: Wien 1830, bei Diabelli (Fol.), Lithogr. — Von M. Aigner in Kupfer gestochen (Wien 1841, Fol.), Beilage der Wiener Musik-Zeitung vom Jahre 1841. — Radi-rung von A. Kachhofer mit allegor. Rand-verzierungen und Arabesken (Wien, Fol.).

XIII. Gedichte an Haydn. Groß ist die Zahl der an Haydn gerichteten poetischen Huldigungen. Hier kann neben einigen anderen nur der grö-ßeren und selbstständig gedruckten gedacht wer-den. — Gabriele von Bacsányi geborne Baumberg richtete an Haydn gelegentlich einer Aufführung seiner „Schöpfung" ein Gedicht (mitgetheilt von Dies, S. 173, und in der „Leipziger musikalischen Zeitung" 1799, S. 416). — Burney (Dr.), Verses on the Arrival in England of the great Musician Haydn (January, London 1791). — Car-pani (Giuseppe), All' immortale Haydn per la sua Creazione del Mondo (zum 27. März 1808); es lautet in deutscher Uebersetzung:

Mit einem Blick dem Schöpferkraft verliehn,
Aus Nichts das All zu formen, zu beleben,
Und Sonnen, die verschiedne Kreise ziehn,
Mit einem Sternenmeere zu umgeben,
So die Natur zu bilden, daß entblühn
Ihr selbst sie müsse zu verjüngtem Leben,
Um ewig der Vernichtung zu entfliehn. —
Daß Gott dies that. kann's uns noch
                    Staunen geben?
Doch daß ein Sterblicher es durfte wagen,
Durch Töne jenes große Werk dem Geiste
Vergegenwärtigt faßlich vorzutragen;
Unmöglich schien's. Dir, Dir gelang der dreiste
Versuch, o Haydn ganz. Er der allmächtig
                    schafft
Erfüllte Dich mit seiner Schöpferkraft —

Collin. An Joseph Haydn bei Aufführung der Schöpfung im Universitätssaale zu Wien

den 27. März 1808 [siehe Dies, S. 164]. — Giambara (Carlo Antonio), Haydn coronato in Elicona. Poemeto (Brescia 1819, 8°.). — Wiener Theater-Almanach für 1793, S. 26: „Gedicht von Caroline Pichler", bei Gele-genheit der unter H.'s Direction am 22 und 23. December 1793 zum Besten der Witwen und Waisen aufgeführten Symphonien. — Wieland richtete an Haydn anläßlich der „Schöpfung" folgende Worte:

Wie strömt Dein wogender Gesang
In unsre Herzen ein! Wir sehen
Der Schöpfung mächt'gen Gang
Den Hauch des Herrn auf dem Gewässer
                    wehen;
Jetzt durch ein blitzend Wort das erste Licht
                    entstehen,
Und die Gestirne sich um ihre Bahnen drehen;
Wie Baum und Pflanze wird, wie sich der
                    Berg erhebt
Und froh des Lebens sich die jungen Thiere
                    regen;
Der Donner rollet uns entgegen
Der Regen säuselt, jedes Wesen strebt
In's Dasein und bestimmt des Schöpfers
                    Werk zu krönen,
Seh'n wir das erste Paar geführt von
                    Deinen Tönen.
O jedes Hochgefühl, das in den Herzen schlief
Ist wach! wer rufet nicht, wie schön ist diese
                    Erde
Und schöner, wenn ihr Herr auch Dich in's
                    Dasein rief
Auf daß sein Werk vollendet werde. —

Abend-Zeitung von Theodor Hell (Dres-den, kl. 4°.) 1822, Nr. 223: „Haydn, Mozart und Beethoven", von Oefele. — Yriarte, der spanische Dichter, widmet (1780) in seinem Lehrgedichte über die Tonkunst Haydn fol-gende Worte:

Dir, wunderbarer Haydn, Dir allein
Verlieh die reizende Camoene
Die Kunst stets neu und immer reich zu sein
Dir lieh sie jene Zaubertöne
Die in das Ohr voll Ueberraschung schallen,
So oft erwiedert immer noch gefallen.

            *

Viel eher wird der Beifall sich verlieren
Der schönsten Töne, die die Herzen rühren,
Als Deine so erles'nen Melodien,
Durch Ausdruck, Kraft und edlen Styl
Bewundernswerth, sich dem Gefühl
Der Welt und ihrer Dankbarkeit entziehen. —
Umringen gleich Dich in den neuern Zeiten
So manche Meister hochgeehrt,

Muß doch vorherrschend Deiner Muse Werth
Weithin und glänzend Deutschlands Ruhm
verbreiten.

•

Hier in Madrid, o Hoher! herrschet Deine
Musik im still sich übenden Vereine,
Und Deine Kunst ist unsrer Liebe Lohn;
Mit heilgem Laube krönt Dich täglich schon
Der Beifall, der Dir laut entgegenschallt,
Vom Strand des Manzanares wiederhallt. —
Ein gelungenes Sonett auf Haydn's „Schö-
pfung" von einem Ungenannten theilt Dies
in seiner Biographie Haydn's mit (S. 178).
XIV. **Haydn novellistisch behandelt.** Die Biene
(Neutitschein, 4°.) 1856, Nr. 8, S. 60: „Ein
Spaß" [Episode aus Haydn's und Mozart's
Leben]. — Gmundner Wochenblatt
1853, Nr. 9: „Nähere Beleuchtung eines jüngst
erschienenen Aufsatzes über Joseph Haydn,
Mozart und einige ihrer Werke", von Leopold
Weidinger [rügt die Unrichtigkeiten über
das Leben dieser Tonheroen, die in seichten
sogenannten Künstlernovellen verbreitet werden.
Leider nützt diese Rüge nichts]. — Iduna.
Almanach für 1855 (Wien, 32°.) S. 55:
„Haydn's erstes Quartett", von Steinebach;
auch in dem „Oesterreichischen Bürgerblatt"
(Linz, 4°.) 37. Jahrg. (1853), Nr. 57—60;
dann in der „Preßburger Zeitung" 1853,
Nr. 90—92; in den (Brünner) „Neuigkeiten"
1853, Nr. 41 und 42; in der Theater-Zeitung
von A. Bäuerle, 1853, S. 111; und in der
„Biene" (Neutitschein, II. 4°.) X. Jahrg.
(1860), Nr. 17 [eine Arbeit, welche uns die
überhand nehmende Künstlernovelle im Allgemeinen verleiden könnte]. — (Hamburger)
Lesefrüchte, begründet von J. J. C. Pappe,
1849, Bd. IV, Nr. 22 und 23: „Die spukende
Nonne. Ein Schwank aus Joseph Haydn's
Jugendleben", von Gustav Nieritz; oft nachgedruckt. — Mühlbach (L.), Napoleon
in Deutschland. Im ersten Bande der ersten
Abtheilung dieses Romanes: „Rastatt und
Jena", S. 54 (Ausgabe Berlin 1858, Janke),
befindet sich ein Capitel: „Haydn" [die Entstehung der österreichischen Volkshymne behan-
delnd]. — Musikalische Mährchen, Phantasien und Skizzen, von Elise Polko (Leipzig 1852, Joh. Ambr. Barth, 8°.) [die darin
enthaltene Bluette: „Eine erste Liebe" behandelt eine Episode aus Haydn's Jugendleben;
sie ist nachgedruckt in Pappe's „Lesefrüchten"
(Hamburg, 8°.) 1852, Bd. I, S. 20, 21;
im „Frankfurter Konversationsblatt" 1851,
Nr. 108—111]. — Nordböhmischer Ge-

birgsbote 1860, Nr. 34 u. 35: „Episode
aus Haydn's Leben". — Theater-Zeitung,
herausg. von Adolph Bäuerle, 1846, S.
651: „Haydn's erste Oper" [diese war der
hinkende Teufel, wofür ihm Kurz, der berühmte
unter dem Namen Bernardon bekannte
Buffo, 24 Goldstücke bezahlte]. — Ueber die
Lächerlichkeiten, von denen auch eine, in einem
Wienerblatte abgedruckte, sogenannte Künstlernovelle, betitelt: „Der Sturm", strotzt und
worin Vater Haydn die Hauptrolle spielt,
vergleiche die Wiener allgemeine Musik-Zeitung
1842 oder 1843, S. 163: „Glossarien".

XV. **Einzelheiten, Haydn betreffend. Sein Copist
Elster. Ein Albumblatt. Ein Lichtschirm.
Haydn's Visitenkarte. Seine Schüler.**

1) **Haydn's Copist.**
Haydn's vieljähriger Copist, J. Elßler,
war der Vater der nachmals durch ihren Tanz
und ihre Grazie so berühmt gewordenen Fanni
Elßler, und es geschah öfter und geschieht
vielleicht noch, daß dessen Schrift für jene
Haydn's ausgegeben, theuer bezahlt und als
kostbares Autograph bewahrt wurde.

2) **Albumblatt.**

Kenne Gott, die Welt und
dich lieb-ster Freund und denk' an
mich! und denk' an mich! ken-ne
                         Da Capo.

Gott, die Welt und dich liebster Freund.

Diese Composition aus Haydn's Tagebuche
theilt Griesinger (S. 46) mit und vermuthet,
daß Haydn sie einem Freunde als Albumblatt zurückgelassen habe.

3) **Lichtschirm Haydn's.**
Von einer Dame erhielt H. einen Licht-
schirm, auf welchem die Worte gestickt sind:
Ihr staunt, daß Orpheus himmlischer Gesang
Einst Thränen aus den Augen roher Men-
                             schen zwang,
Bewundert Euren Zeitgenossen
Durch den so oft der Edlen Thränen flossen.

Dieser Lichtschirm, dessen Verse der Barde Denis gedichtet, war einer Mittheilung der „Blätter für Musik, Theater und Kunst" 1856, Nr. 74, S. 296, zu Folge, im Jahre 1856 zum Verkaufe ausgeboten.

4) Haydn's Visitenkarte.

Eine solche — der Herausgeber besitzt sie selbst — aus dem Jahre 1807 enthält folgende Noten:

Molto adagio.

Hin ist al · le mei · ne

Kraft alt und schwach bin ich.

Diese Stelle ist aus seinem letzten, dem Grafen Fries dedicirten Quartette, welches er unvollendet gelassen, richtiger dem 10. Gesange seiner bei Breitkopf und Härtel erschienenen drei- und vierstimmigen Gesänge, entnommen; da ihm die Kraft fehlte, es zu beenden, deutete er diesen Umstand im obigen, Wehmuth erregenden Adagio an, welches er an die Stelle des fehlenden Allegro hinschrieb [Journal des Luxus und der Moden 1807, März, S. 189; — Griesinger, S. 78]. — Stadler beantwortete diese Visitenkarte mit einem kleinen Duette, welches Griesinger, S. 79, mittheilt.

5) Haydn's Schüler.

Haydn hat folgende Schüler gebildet: Hoffmann ein Liefländer, Kranz in Stuttgart, Anton Wranitzky, Lessel, Fuchs in Esterházy'schen Diensten, Tomisch, Graf, Specht, Pleyel, Hensel, Destouches, Struck, zwei Brüder Pulcelli und Neukomm.

XVI. Urtheile über Haydn den Menschen und Künstler. Ein treffendes Urtheil über H. fällt Pastor Triest in der Leipziger Musik-Zeitung 1809, Nr. 24. Es lautet: „Alles vereinigt sich in ihm, um ihn zum größten Instrumentalcomponisten zu erheben. In seiner Jugend war er (wie Graun, Hasse, Schulz u. A.) ein sehr beliebter Sänger. Er studirte die großen italienischen Meister, und wer wird sich nun darüber wundern, daß er uns so herrliche Melodien gab, daß alles in seinen Werken, auch in den verwickeltsten Stellen, so schön singt, daß seine Hauptsätze im ernsthaften wie im komischen Style eine so bedeutende kraftvolle Simplicität haben, welche sogleich das Gefühl des Kenners wie des Liebhabers mit sich fortreißen. Hiemit verband er das innigste (durch Bach's und andere Werke genährte) Studium der Harmonie, deren Früchte die kühnsten, überraschendsten und dabei nichts weniger als barocken Modulationen sind, wodurch es uns begeistert. Nun nehme man dazu die Kenntniß des eigenthümlichen Charakters der Instrumente und ihrer Wirkungen, und alles dieß vereinigt mit der seltensten Originalität eines Kopfes, der auch in der ungeheuren Menge seiner Werke weder andere, noch) sich selbst copirt, ob er gleich seine eigene unverkennbare Manier hat (wie jeder bei einem untergeschobenen Werke hört, der nur etwas von H. kennt), so steht schon um deßwillen unser großer Meister zwar bewunderungswürdig, aber nicht unbegreiflich vor uns da. — Doch hiemit sind die Ursachen seiner Größe noch nicht alle angegeben. Die Quintessenz derselben scheint mir in der ausnehmend leichten Handhabung des Rhythmus, worin ihm keiner gleichkommt, und in dem zu liegen, was der Engländer Humor nennt und wofür das deutsche Wort „Laune" nicht ganz paßt. Aus dieser letztern Eigenschaft läßt sich sein Hang zu komischen Wendungen und das noch größere Gelingen dieser, als der ernsthaften erklären. — Wollte man auch hier eine Parallele mit anderen berühmten Männern aufsuchen, so ließe H. sich in Ansehung der Fruchtbarkeit seiner Phantasie vielleicht mit unserem Jean Paul (die chaotische Anordnung, wie sich versteht, abgerechnet; denn die lichtvolle Darstellung, lucidus ordo, ist keiner von H.'s geringsten Vorzügen) vergleichen und in Ansehung seines Humors, seiner originellen Laune (vis comica) mit Lor. Sterne. — Wollte man ferner den Charakter der H.'schen Compositionen mit zwei Worten angeben, so wäre er, wie mich dünkt, kunstvolle Popularität oder populäre (faßliche, eindringende) Kunstfülle. Aber in welcher Gattung von Tonkünsten ist H. wohl am größten und musterhaftesten? Diese Frage muß man fast bei jedem bedeutenden Tonkünstler in der 3. Periode thun, denn man fordert von ihm, daß er nicht bloß viel, sondern auch vielerlei schreibe. Nun ist es zwar gewiß, ein echter Künstler erregt in jedem Fache seiner Kunst, das er bearbeitet, Interesse; aber es bleibt auch ebenso ausgemacht, daß selbst das größte Originalgenie, besonders zu einer Zeit, wo die Kunst aus einer kleinen Pflanze zu einem

vielästigen Baume herangewachsen ist, nur in
Einem oder einigen Theilen derselben mit
ausgezeichnetem Glücke arbeiten kann. Und so
fürchte ich denn nicht, gegen das Urtheil der
meisten Kenner und Kritiker anzustoßen, wenn
ich folgende Classification der Werke H.'s auf-
stelle. Den ersten Rang nehmen unbezweifelt
seine Symphonien und Quartetten ein,
worin ihn noch niemand übertroffen hat.
Den zweiten seine Compositionen für's
Clavier, doch hierin nur durch das em-
pfindungsvolle, zarte und bei aller Künst-
lichkeit faßlich hervorragende, denn in anderer
Hinsicht möchten ihm (außer Mozart) auch
noch manche neuere Claviercomponisten, besonders Muzio Clementi mit seinem Feuer-
geist (ja vielleicht in der Folge, wenn sich
das wild Schwärmende gelegt hat, ein Beethoven) den Rang streitig machen. Hier-
nächst folgen seine Kirchenstücke und zuletzt
seine Theaterwerke, soweit nämlich diese
bekannt geworden sind. Den Beleg zu dieser
Bemerkung gibt unter anderen sogar das
Werk, welches so außerordentliche Sensation
erregte (beinahe so viel wie Mozart's Zauberflöte), nämlich „die Schöpfung". Von
diesem Werke wage ich es zu behaupten, daß
es H.'s echtem Kunstruhme (nämlich nicht
dem, den der große Haufe gibt) weder etwas
entziehen, noch etwas zusetzen könne. Die Ehr-
furcht gegen den großen Mann darf uns nicht
verblenden, die Forderungen der Aesthetik an
ein solches Werk zu übersehen. Und was kann
diese wohl zu einer in Musik gesetzten Natur-
geschichte oder Geogonie, wo die Gegenstände
wie in einer magischen Laterne vor uns vor-
übergehn; was kann sie zu den immerwäh-
renden Objectmalereien, zu dem Gemisch des
Kirchen- und Theaterstyls (das uns zeigt wie
weit es mit jenen in den dortigen Gegenden
schon gekommen ist), mit einem Worte zu der
Tendenz des Ganzen sagen? Muß es nicht
jeden Verehrer H.'s schmerzen, die große Kraft
dieses Mannes zum Nachtheile der Kunst (denn
solche Beispiele sind oft gefährlich) an einen
Text verschwendet zu sehen, der seiner nicht
würdig ist? Wahrlich, der Urheber des alten
mosaischen Sabbathliedes ließ es sich wohl
nicht träumen, daß dieses noch am Ende des
18. Jahrhunderts mit allem Aufwande der
modernen Tonkunst geschmückt, ein so großes
Glück machen würde! — Nur dann dürften
die überaus schönen herrlichen Chöre uns
gegen die ästhetischen Mißgriffe der meisten
übrigen Theile entschädigen, wenn man sich

von den letzten (wie vielleicht mancher bei der
Anhörung gewünscht hätte) den Text weg-
denkt. — Genug, nach meiner (nöthigenfalls
ausführlich zu vertheidigenden) Ueberzeugung
kann dieses Werk als ein Ganzes Haydn's
Ruhm nicht vermehren. Aber es kann ihm
auch wenig oder nichts nehmen, denn der Text
kam ja nicht von ihm selbst, und es war also
nicht seine Schuld, daß ihn dieser zu immer-
während en Darstellungen der Objecte, statt
des Subjects, zwang. Außerdem schrieb er
(und diesen Umstand wird man um der großen
Verdienste des Mannes willen nicht aus der
Acht lassen) dieses Oratorium eigentlich für
die Engländer *), welche noch an Händel's
Regen- und Schneemahlereien gewöhnt sind,
und welche, wenn sie ihrem Geschmacke treu
bleiben wollen, in dieser Schöpfung eines der
größten Meisterstücke finden müssen, die sie je
gehört haben. So hat also kein Componist
des vorigen Jahrhunderts so viel für die Ausbildung der Instrumentalmusik gethan, als
unser Vater J. Haydn. Keiner benutzte so
ihre äußere und innere Kraft; keiner als er
war im Stande sie mit der Gesangmusik in
das gehörige Gleichgewicht zu stellen, sondern
diese sogar zu nöthigen, daß sie gegen den
Anfang des neuen Jahrhunderts alle ihre
Kräfte aufbiethe, um nicht hinter jener zurück
zu bleiben." — Der geistreiche W. H. Riehl
in der zweiten Folge seiner „musikalischen
Charakterköpfe" (Stuttgart 1860, Cotta) sagt
S. 303: „Die Romantiker sehen in Haydn
vorwiegend nur den Mann der akademischen
Alleinherrschaft, den Schulmeister, der die
Kunstformen in ein unantastbares Dogma
habe bannen wollen und vergaßen, daß er es
gerade gewesen, der in seiner früheren Zeit
solchen Bann gebrochen hatte; sie sahen in
ihm den Doctor der Tonkunst. Und dieses
Vorurtheil ist noch gar nicht ganz verhallt,
denn die ästhetischen Parteiansichten leben sich
ebenso langsam und nur nach den Stufen-
jahren ganzer Geschlechter aus, wie die poli-
tischen. Es vererbte sich nicht nur jene höchst
einseitige Auffassung der letzten Periode unsers
Meisters und übertrug sich auf dessen Gesammt-
bild, sondern es geriethen selbst seine früheren
Werke, die ihn von einer ganz entgegengesetzten
Seite charakterisiren, fast gänzlich in Verges-

---

*) Dieses ist irrig; H. sollte die „Schöpfung" für
Salomon und somit für London schreiben, van
Swieten überredete ihn, sein Vorhaben zu ändern,
und Haydn schrieb sie für Wien.

senheit. Erst jetzt, wo die historisch-musikalischen Studien wieder zu hohen Ehren kommen, dämmert es allmählig wieder wie eine neue Wahrheit im allgemeineren Bewußtsein der künstlerischen Welt: daß H. bisher nur höchst lückenhaft gekannt und gewürdigt werden; daß er in seinem langen Leben dreierlei sehr unterschiedenen Ausdruck gehabt habe, in seinem wirklichen Gesicht sowohl, wie im Gesicht seiner Tondichtungen, daß er nur im Greisenalter einigermaßen wie ein Docter der Tonkunst dreingesehen, daß es noch einen ganz anderen H. gebe, als den H. der „Schöpfung", der Londoner Symphonien und der späteren größeren Streichquartette"... S. 321: „Zu allen Zeiten hat H. mit den Sprüngen seines Humors das oberflächliche Urtheil gefoppt und verwirrt. Eben jene übermüthigen Spiele des Witzes und der Laune waren es, die den Kaiser Joseph, einen eifrigen Musikfreund, verführten, seinen berühmten H. doch mehr nur als einen guten musikalischen Spaßmacher zu schätzen, während gründlichere Kenner gleichzeitig an dem anmuthvollen Rosetti warnten vor der Nachahmung H.'schen Ernstes und Tiefsinnes, den er doch nicht erreichen könne! Und in den Tagen des tändelnden Rossinismus geschah es gar, daß man aus denselben Sätzen, aus welchen die Leute mit Zopf und Haarbeutel vordem H. den Spaßmacher herausgehört, nun H., den Docter, zusammenbuchstabirte. Seine liebenswürdige, seligvergnügt dahinschwebende Clavierphantasie (C-dur, Op. 58) wurde vor etwa 40 Jahren als Ouverture einer mit H.'scher Musik ausstaffirten komischen Operette vorgesetzt und erschien damals, vermuthlich wegen ihrer graziösen contrapunktischen Nachahmungen und der keck originellen Modulationen, den mit italienischem Gegaukel verwöhnten Ohren viel zu ernst, streng und gedankenschwer!".... und S. 325: „Es gibt mancherlei Aussprüche H.'s, in denen er die unmittelbare Eingebung dieses Genius als das A und O des schaffenden Künstlers hinstellt und dagegen den Regeln der Schule blutwenig Credit gibt. Diese Aussprüche zeigen uns eben den ohne Reflexion schaffensbegeisterten, den wahrhaft naiven Meister, der folgerecht ein sehr schlechter Doctor war. Man könnte sie als Vorwort just hinter den Titel seiner Sonaten drucken. Vorab jene schlagende Sentenz, wie man am sichersten also componire, daß es auch „im Herzen sitzen bleibe." Der Tondichter versichere sich vor allen Dingen einer klaren und

entschiedenen Stimmung; hält er diese fest, dann trägt es auch die folgerechte und kunstgemäße Ausführung und das Uebrige macht sich von selber. Für's Handwerk des Satzes galt ihm dann die Dictatur des Genius, der sich seine eigenen Gesetze macht. „Hat Mozart es geschrieben, so hat er seine gute Ursache dazu" — so belehrte H. kurzweg jene Kritiker, die sein Urtheil über die unharmonischen Querstände in der viel besehdeten Einleitung zu des großen Freundes C-Quartett wissen wollten, und gegen Albrechtsberger, der gar Quartenfolgen aus dem reinsten Satze zu verbannen gedachte, sprach er das schlagende Wort: „die Kunst ist frei und soll durch keine Handwerksfessel beschränkt werden, das gebildete Ohr muß entscheiden und ich halte mich befugt wie irgend einer, hierin Gesetze zu geben. Solche Künsteleien haben keinen Werth; ich wünschte lieber, daß es einer versuchte, einen wahrhaft neuen Menuett zu componiren." Nicht zu allgemeinen Grundsätzen soll man solche Worte stempeln; denn ein Maß, welches einem Haydn recht, ist eben auch nur einem Mozart billig. Aber zur Charakteristik unsers Meisters soll man die oft gehörten Sprüche immer wiederholen. Wir können und dürfen so naiv nicht mehr componiren; und gerade darum wollen wir H.'s schlichte Claviersonaten recht fest halten, weil sie keiner mehr nachmachen kann." — Gaßner charakterisirt H. folgendermaßen: „Haydn war ein durchaus frommer, katholischer Christ, aber in der ländlich unschuldigen Weise seines Landes. Ihm war wie seinem Lande herbe Ascetik oder streitsüchtiges Festhalten ebenso ferne, wie die kühl-prächtige Salbung des römischen und venetianischen Gottesdienstes. Er war, wie er öfters bekannte, nie freuden- und jubelvoller, als wenn er an Gott dachte, der alles so schön und wohl gemacht. Mit der ganzen tausendlebigen, froher Pulse vollen Natur jubelte und lobte er und betete innig, aber zutrauens- und anmuthsvoll wie ein Kind. Mit diesem Sinne, und auf diesem geistigen Standpuncte konnte nun Haydn mit seinen Opern nicht in der Zeit Gluck's und Mozart's Stand halten. Scenischer Verstand, scharfe Charakteristik, schnelle starke Entscheidung, die Selbstäußerung und der Eifer, die dem Dramatiker unentbehrlich sind, waren seinem ländlich-friedlichen Sinne fremd. Seine Opern (so viel wir davon kennen) enthalten Musik genug, aber wenig Drama. Allein eben dieser Sinn im Vereine mit der mühseligen Zur'schen und der ganz nach Außen gekehrten Musikantenschule und

seinem ausdauernden Arbeiten und Beobach-
ten, vollendete ihn als Instrumental-Compo-
nisten. Er ist nicht bloß der Schöpfer der
(neueren) Symphonie und des Quatuors,
sondern auch der Meister in beiden zu nennen.
Kraft seiner tiefern Idee ist Beethoven —
und er zuerst — zu neuen, höheren Offenba-
rungen geführt worden. Aber in dem, was H.
gab, steht er einzig und unentbehrlich da. Freude,
Anmuth, Zartheit, natürliche Innigkeit und Tief-
sinnigkeit, die ganze Scala der Empfindungen
von ausgelassenem Jubel und toller Neckerei
bis zu den Schrecken leidenschaftlicher Ver-
störung durchlief er. Aber Maß und Anmuth
blieb ihm stets zur Seite, stets sein freundlicher
Sinn gewärtig. Selbst wenn er das Harte
berührt, thut es wie ein liebender Vater, der
das Kind ermahnt und abschreckt vom Unrech-
ten, aber mit Lächeln, daß es noch im Bangen
hofft und liebt und bald wieder lächelt. Und
dieser Sinn endlich macht ihn zum ewigen
Muster für alle Kunstjünger. Kein anderer
Künstler hat so Maß zu halten gewußt als H.,
bei dem nichts zu lang oder zu kurz, Alles, das
Einfältige wie das Kunstreiche, an seinem Orte
und in echter Weise da ist. Kein Künstler hat
so unschuldsvoll den kleinsten Gedanken ange-
nommen, den Gott ihm gab, und so innig und
treu gepflegt, daß er zu einem mächtigen Baume
künstlerischer Erkenntniß erwüchse; keiner hat
die ihm untergebenen Geschöpfe, seine Instrumente, so reinlich und angemessen und liebevoll
gehegt als er. Seine Instrumentation ist klar
wie der blaue Himmel, und durchsichtig rein,
auch wenn sie stürmt und nachtet. Jedes Instrument geht seinen eignen natürlichen Gang,
und wie er ihn erkannt hat, kann er sich getrost
einem oder zwei einzelnen anvertrauen, so gut
wie dem mächtigen Chor Aller; kein Instru-
mentist hat so zart singen und so gewaltig lär-
men können als er. Man müßte ihn ewig be-
neiden, wenn man ihn nicht ewig lieben müßte
und dankbar verehren." — De Luca über
Haydn: „H. ist der Liebling unsrer Nation,
dessen Charakter sich jedem seiner Stücke ein-
drückt. Sein Satz hat Schönheit, Ordnung,
Reinigkeit, eine feine und edle Einfalt, die schon
eher empfunden wird, als die Zuhörer noch
dazu vorbereitet sind. Es ist in seinen Cas-
sationen, Quattro, Trio ein reines helles
Wasser, welches ein südlicher Hauch zuweilen
kräuselt, zuweilen hebt, in Wellen wirft, ohne
daß es seinen Boden und Abschuß verläßt. Die
monotonische Art der Stimmen mit gleich-
lautenden Octaven hat ihn zum Urheber (was

jedoch Dies in seiner Lebensskizze Haydn's
(S. 207) bestreitet. Anm. d. Her.), und man kann
ihr das Gefällige nicht absprechen. In Symphonien ist er ebenso männlich stark als empfind-
sam, in Cantaten reizend, einnehmend, und in
Menuetten natürlich reizend. Kurz H. ist in
der Musik das, was Gellert in der Dichtkunst
ist" (vielleicht würde die Luca heute sagen:
was Göthe in der Dichtkunst ist). [De
Luca, das gelehrte Oesterreich I. 2. S. 311].
Haydn und Mozart in Parallele. Wenn wir
Haydn und Mozart zusammenstellen, so
zeigt sich uns eine heilige Einheit in der
individuellsten Mannigfaltigkeit und die verschiedenen Verhältnisse Beider stören das Fort-
schreiten der Geister nicht; wenn schon wir
in der Bestimmung des Schicksals Beider auf
merkliche Verschiedenheiten stoßen. — Musik
der Väter weckte den Tonsinn der Söhne. —
M. war der Sohn eines musikalischen Vaters;
H. weckten die Gesänge und Accorde der länd-
lichen Zither seiner Eltern. — Der Sohn des
Musikers, dessen Genie früher gepflegt, sich früher
entwickelte, hatte mit weniger Hindernissen zu
kämpfen, als der Sohn des Rademachers, er
schritt früher zur Vollendung und wurde aber
auch früher vollendet. — M.'s Genius wurde
früh unter den gefälligen Musen des fröhlichen
Wiens gepflegt, sonnte sich in Hesperiens üppi-
gen Gefilden. — H. lebte auch in Wien, aber
seine Jugend verwundeten nur die Dornen,
während M. auf ihren Rosen gewiegt wurde.
Nach Italien kam H. nie. So ernst wie sein
ganzes Leben, führte ihn auch das Schicksal in
das Land des tiefsinnigsten Ernstes — nach
England. — Dennoch behielten beide Genien
ihre Originalität und wirkten wohlthätig auf
den Genius ihrer Umgebung. — M. zeigte in
seinen früheren Compositionen einen düstern
Ernst, strengen Contrapunct, und es wäre ein
zweiter Sebastian Bach aus ihm geworden,
hätten ihn Wiens gefällige Musen nicht umgeben, Italiens Zaubermelodien mit ihren
Blumenketten nicht umwunden. Aber dabei
wirkte seine Kraft wohlthätig auf die Anmuth
seiner Umgebung, theilte sich ihnen mit, und
so ward M. Schöpfer jenes neuen Styls, der
italienische Anmuth mit deutscher
Kraft verbindet. — H.'s frühere Compositionen sind leicht, melodisch, tändelnd, denn er
hörte nichts als gefällige Musik und Porpora
war ein Italiener. Mit diesem heitern Genius,
mit dieser melodischen Seele reiste er nach
England. Die Grazie seiner gefälligen Melodien umwand den düstern Ernst der englischen

Musik, ebnete ihr raubes Wesen, und so ward er, wie M. im Süden, im Norden der Schöpfer eines neuen Styls, der die Anmuth des Südens mit der Kraft des Nordens vereinigte. — M. gab der Anmuth des Südens die Kraft des Nordens. — Dem ungeachtet wuchsen beide Blüthen auf Einem Stamme — des ästhetisch Schönen. — Beide Künstler verbanden Kraft mit Anmuth, den Doppelkranz des Schönen in sich und den Nationen, deren Geschmack sie bildeten. In beiden war vereint vorhanden, was sie einzeln zu geben schienen. — M. wird wegen seiner tiefen gründlichen Harmonien geschätzt, H. wegen seiner Natürlichkeit und Grazie. Dennoch sind beide in der Harmonie gleich groß, gleich stark und kräftig. — M. suchte seine Melodien mit der Kraft der Harmonien zu bekleiden, H. versteckt seine tiefen Harmonien unter Rosen und Myrthengewinden seiner Melodien. — M. drängt unaufhaltsam durch Tonströme, kämpfend wie der jugendliche Held; H. wandelt gemächlich wie der ruhige Weise auf Blumengefilden der erquickenden Ruhestätte zu. — M. erscheint plötzlich, prächtig und groß, majestätisch wie der Blitz oder die Sonne, wenn sie unerwartet aus dem Wolkendunkel hervortritt. — H. bereitet vor wie ein heiterer Frühlingstag aus sanftem Morgenlicht. Er schafft sich erst ringsumher den Himmel, in dem sich seine Erwählten freuen sollen, wenn M. wie ein Sohn des Lichts plötzlich unerwartet unter die Sterblichen tritt und sie mit allmächtigen Arm in unaufhaltsamen Fluge hoch zum Olymp emporreißt. — H.'s Genius sucht die Breite, M.'s Höhe und Tiefe. — H. führt uns aus uns heraus, M. versenkt uns tiefer in uns selbst und hebt uns über uns, daher malt H. auch immer mehr objective Anschauungen, und M. die subjectiven Gefühle. Zum Beleg: H.'s Malereien in die Oratien die „Schö-pfung" und „Jahreszeiten" und M.'s in seiner „Zauberflöte", „Titus" und sein Seelengemälde des verklärten und vollendeten Geistes im „Requiem". — Aber beide Genien stehen gleich kraftvoll, gleich anmuthig da uns wandeln so unter den Schatten, wie sie von uns ausgegangen sind. — M. starb in seiner schönsten Blüthenzeit und sein Geist schuf ein vollendetes Meisterwerk des höchsten Ernstes. — H. ging als lebensatter Greis von hinnen, und schuf als solcher — ein Jüngling am Geiste, eine neue Schöpfung und einen neuen Frühling, einen glühenden Sommer (in den Jahreszeiten) im Winter seines Erdenlebens. — M. behauptete in seinem letzten Werke den Charakter, der sich in seinen früheren ausspricht — gegen sonst in tiefer Harmonie. — H. nahm Abschied wie er kam; denn seine letzten Producte des vollendeten Greises athmen die Fülle und Anmuth des Jünglings. — Jeder von beiden behauptet seine Originalität; aber beide sind die Schöpfer eines guten Geschmacks." — In einem anderen Vergleiche Haydn's mit Mozart heißt es treffend: „Bei Mozart ist mehr Leben und Handlung, Haydn ist gedankenreicher. Bei Haydn ist das Gefühl, bei Mozart die Leidenschaft vorherrschend. Wenn Mozart freudig jubelt, wenn er uns mit erhabenem Entzücken, mit Angst, Entsetzen und Geisterschauer ergreift, oder mit dem Tone der Schwermuth und Verzweiflung unser Herz bluten macht, erfüllt uns Haydn mit zufriedener Heiterkeit, mit süßer Wehmuth, mit Andacht und sanfter Rührung. Kurz, Mozart ist mehr episch und dramatisch, Haydn mehr romantisch und didaktisch. Schon der Gegenstand und Charakter der von beiden für Gesang gewählten Dichtungen deutet diese Unterschiede an."

* * *

Johann Michael Haydn.

Geboren zu Rohrau in Niederösterreich am 14. September 1737, gestorben zu Salzburg am 10. August 1806.

Bruder des Vorigen. Empfing auch von seinem Vater die erste Ausbildung des Talentes, in dem er später so Großes zu leisten berufen war, und kam gleich seinem Bruder nach Wien in das unter Reuter's Direction stehende Capellhaus. Als Sängerknabe zeichnete sich Johann Michael, oder wie er gemeiniglich genannt wird, Michael, durch seine reine Sopranstimme und den besonders weiten Umfang derselben (vom einfachen bis zum dreimal gestrichenen f) aus. Durch seinen Gesang erregte er einmal (14. November 1748) die Aufmerksamkeit der Kaiserin Maria Theresia und ihres erlauchten Gemals. Die Kaiserin beschenkte den jugendlichen Sänger mit 12, nach Anderen mit 24 Ducaten und gestattete ihm, sich außerdem eine Gnade zu erbitten; Michael erbat sich die folgende: die Hälfte des so eben erhaltenen Geschenkes seinem armen Vater schicken zu dürfen. Es wird dieses Moment aus dem Leben Michael's deßhalb hier angeführt, weil diese Kindlichkeit und dieses Mitgefühl durch's ganze Leben einen Grundzug seines Charakters bilden. Schon als Sängerknabe componirte er und errichtete unter seinen Collegen eine kleine musikalische Genossenschaft, deren Vorsitz er führte und strenge alle Plagiate überwachte. In diesem letzteren Geschäfte zeigte er sich als geübter Kenner, denn sobald er ein Plagiat auffand, spielte er das Thema, aus dem jenes Plagiat stammte, sogleich auf dem Clavier. In diesem Verschmähen fremder Kunst und Kraft zeigte sich früh das Bewußtsein des eigenen Genius, der wirklich nicht der Stelzen bedurfte, um sich darauf über Andere zu erheben. Wie wenig erfolgreich die Lehrjahre Haydn's unter Reuter's Leitung gewesen, wurde schon in der Lebensskizze Joseph's bemerkt, und für Michael hatte Reuter keine Ausnahme gemacht. Was Michael erlernte, hatte er vornehmlich seinem Talente und seinem Fleiße zu verdanken; er spielte die Orgel mit solcher Fertigkeit, daß er öfter für den Organisten bei St. Stephan eintrat, und da es sich bald ergab, daß er in seinem Spiele von keinem Anderen übertroffen wurde, entstand ein edler Wetteifer unter den Knaben, wobei Michael stets den Sieg davon trug. In seinem Drange nach höherer Ausbildung wußte er sich die besten Muster zu verschaffen, und die Werke eines Bach, Händel, Graun,

Hasse waren es, welche seinen künstlerischen Geschmack läuterten und ihn das Wesen der Kunst in seiner ganzen Tiefe, so weit es der menschliche Geist vermag, erkennen ließen. So wurde er nach und nach ein trefflicher Orgelspieler, der auch die Violine mit Gewandtheit strich und dem die Behandlung anderer Instrumente nicht fremd war. Dabei vernachlässigte er aber die übrigen Fächer nicht und eignete sich — im Gegensatze zu unseren heutigen Musikern, die zum großen Theile über ihr Instrument hinaus wenig Bescheid wissen — eine gediegene, ja classische Bildung an. Die Lateiner waren ihm nicht fremd und er erquickte sich an ihnen, so lange er lebte, und unter den deutschen Autoren zog ihn damals Wieland am meisten an. Dabei war er eine so durch und durch rythmische Natur, daß es ihm schlechterdings nicht behagte, mißlungene Texte in Musik zu setzen; daher es wohl kommen mag, daß er mit besonderer Vorliebe Kirchenstücke componirte, und indem Kenner seiner Werke sein Talent jenem seines Bruders nicht nachsetzen lassen, so bezweifeln sie doch, ob er eine „Schöpfung" oder die „Jahreszeiten" hätte zu componiren vermocht, aber nicht etwa aus musikalischer Schwäche, sondern weil ihm die mit Recht viel getadelten Texte jener Oratorien (beide von van Swieten) nicht in jene Stimmung hätten versetzen können, die ihm sein musikalischer Genius in wortlosen Phantasien nur zu gerne gewährte. Sein Bruder Joseph selbst empfand nicht geringe Pein bei der Composition jener Texte und beklagte sich sehr ernst darüber [vergl. Dies, S. 158 u. f. u. 180 u. f., und Griesinger, S. 69]. Auch trieb Michael mit großer Vorliebe Geschichte und Erdbeschreibung und erstere war im vorgerückten Alter seine Lieblingslectüre. Als H., weil er als Sängerknabe

nicht mehr fungiren konnte, das Capellhaus von St. Stephan verließ, that er
es mit wortreichen Versprechungen Reuter's, für sein weiteres Fortkommen besorgt sein zu wollen. Reuter kam aber
über die Worte nie hinaus, und um
dieses gewissenlose Verhalten des Meisters
gehörig zu würdigen, sei bemerkt, daß das
Capitel zu St. Stephan für den Unterhalt
und Unterricht eines jeden Chorknaben
dem Capellmeister jährlich 700 fl. bezahlte
und dieser für 6 Chorknaben die ansehnliche Summe von 4200 fl. jährlich bezog
[vergl. Dies, Biograph. Nachrichten von
Joseph Haydn, S. 22], eine Summe,
die ihm doch wohl die Verpflichtung auf-
erlegte, für die weitere Unterkunft der
Knaben, zu deren Ausbildung er eigentlich nichts, aber Alles die eigenen Talente
thaten, wenigstens für die erste Unter-
bringung nach ihrem Austritte aus dem
Capellhause besorgt zu sein. Als Michael
austrat, war er sich selbst überlassen und
lebte vom Unterrichtertheilen, bis er, erst
20 Jahre alt, eine Stelle als Capellmeister
des Bischofs in Großwardein erhielt,
wo ein kleiner Gehalt kaum für seine
bescheidenen Lebensbedürfnisse ausreichte,
hingegen seine Compositionen sich bald
großen Beifalles erfreuten. Fünf Jahre
wirkte er auf diesem Posten, als er 1762
einem Rufe nach Salzburg als erzbischöf-
licher Orchesterdirector folgte. In dieser
Stellung hatte er 300 fl. Gehalt und
freien Tisch; später erhielt er vom Staate
den Titel Concertmeister und Domorga-
nist und 400 fl. Gehalt, welcher bei dem
Regierungsantritte des Churfürsten und
Erzherzogs Ferdinand von Oesterreich
auf 600 fl. erhöht wurde. Mit dieser
Summe hatte H. den Culminationspunct
in seiner pecuniären Stellung erreicht,
und in seiner Liebe zu dem ihm eine zweite
Heimat gewordenen Salzburg lehnte er
alle Anerbieten ab, die seine Stellung
verbessert hätten. So hatte sein Bruder
Joseph in allem Ernste die Absicht, ihm
die Capellmeisterstelle bei dem Fürsten
Esterházy zu verschaffen; Michael
schlug sie aus, und ohne die Emolumente
hätte der Gehalt allein mehr als das
Doppelte dessen, was er in Salzburg
bezog, ausgemacht. Ebenso vereitelte er
die Bestrebungen seiner Wiener Freunde,
welche, als Michael im Jahre 1801
sich nach Wien begab, um der Kaiserin
die von ihr bestellte Messe persönlich
zu überreichen und bei der Aufführung
zu dirigiren, die Absicht hatten, alljährlich
eine Summe zusammenzuschießen, um ihn
in Wien zu behalten. Der Gedanke an
eine Trennung von Salzburg erfüllte ihn
stets mit Wehmuth, insbesondere knüpfte
ihn ein inniges Freundschaftsband an
den Pfarrer von Armsdorf, Weriganb
Rettensteiner, der aber später (Nov.
1803) nach Seewalchen in Oberösterreich,
zu Michael's tiefem Leidwesen, versetzt
wurde. Immerhin aber ist es nicht ganz
erklärt, wie es kam, daß Michael, dessen
Ruhm sich außen täglich mehrte, dessen
Name in fernen Landen gefeiert wurde, im
Heimatlande so wenig berücksichtigt wurde,
daß nichts für die Verbesserung seiner Lage
geschah. Jedoch er selbst war zufrieden
und gefiel sich in seinen beschränkten Verhältnissen, die mitunter selbst drückend
wurden. So z. B. erhielt er einmal Befehl,
Duetten für Violine und Alt zu schreiben.
Krankheit hinderte ihn, den Auftrag aus-
zuführen; da ward er mit Einziehung
seiner Besoldung bedroht; Mozart,
der ihn täglich besuchte, vollendete die
verlangten Duetten in wenigen Tagen
und reichte sie unter M. Haydn's
Namen ein; wahrhaft ein Zug eines
Mozart um einen Haydn würdig.
Sein kleines Einkommen vermehrte H.

durch Unterrichtgeben im Generalbaß und durch Orgelspiel in der h. Dreifaltigkeitskirche. Seine Kunst aber, die herrliche ihn umgebende Natur und sein Freund in Armsdorf, der, ein gefälliger Dichter, ihm manchen Text für seine Compositionen schrieb oder Auszüge aus guten Dichtern für seine Zwecke bearbeitete, waren die heilige Drei, die ihm das Dasein verschönerten und ihn glücklich machten. Im Jahre 1801 erfuhr H. das Unglück, beim Eindringen des Feindes in Salzburg von französischen Husaren, die ihm das Seitengewehr an die Brust setzten, geplündert zu werden; seine beste Habe, die wenigen Kostbarkeiten, die er besaß, und seinen voraus empfangenen dreimonatlichen Gehalt nahmen sie ihm. Deutsche Freunde ersetzten ihm dann zum großen Theile seinen Verlust, auch sein Bruder Joseph, der ihm öfter namhafte Beträge zukommen ließ, ihn auch im Testamente zum Universalerben seines Vermögens eingesetzt hatte, vergütete ihm einen Theil seines Schadens und beschenkte ihn für die geraubte silberne Sackuhr mit einer goldenen. Die fernere Absicht Joseph's, seinen Bruder zum Universalerben zu machen, vereitelte aber dessen 3 Jahre früher eingetretener Tod; denn Michael starb schon 1806 im Alter von 69 Jahren. Michael war verheirathet und zwar mit der Tochter des Salzburger Domcapellmeisters Lipp, welche eine treffliche Sängerin war und später die Stelle einer Hofsängerin erhalten hatte. Aus dieser Ehe wurde ihm eine Tochter geboren, welche aber schon im Alter von 3 Jahren starb. Der Tod dieses Kindes, das Michael innig liebte, ließ nachhaltige Verstimmung in Michael's Herzen zurück. „Seine Ehe", schreibt Fröhlich in „Ersch und Gruber" ohne Angabe der Quellen (Sect. II,

Bd. III, S. 257), „war sonst nicht glücklich", was zu Pillwein's (Lexikon salzburgischer Künstler, S. 93) Mittheilung, als er von den „an seine von ihm vorzüglich geschätzte Gattin" gerichteten Liedern spricht, nicht paßt und auch sonst nicht Bestätigung findet. Die Witwe erhielt für das von Michael an den kais. Hof geschickte Requiem ein Honorar von 600 fl., und als sie die Partituren ihres Mannes an den Fürsten Nikolaus Esterházy gesendet, setzte ihr dieser Mäcen eine lebenslängliche Pension aus. Die Leiche H.'s wurde feierlich bestattet und bei der Leichenfeier das von ihm componirte „Miserere" gesungen. In seinem Nachlasse fand sich eine große Menge Compositionen und Partituren [siehe unten: I. Michael Haydn's Compositionen], sämmtlich von ihm schön, richtig, deutlich, fast ohne Correctur und Radirung geschrieben; außerdem 20jährige durch verschiedene Zeichen ausgedrückte Wetterbeobachtungen, welche er regelmäßig des Tages dreimal aufzeichnete. Von seinen Schülern nennen wir die bedeutenderen: Schinn, Grätz, Ett und Karl Maria von Weber. Auch erfand H. mittelst einer Art unharmonischer Leiter eine geheime Schreibart in Noten, mit welcher er selbst mit seinem vertrauten Freunde Hacker, der den Schlüssel dazu mittheilte, Briefe wechselte. Für den Fall, als solche Briefe irgendwo gefunden würden, theilen wir den Schlüssel hier mit:

A   B   C u. f. w.

Viele Jahre nach seinem Tode gab P. Martin Bischofreiter, Benedictiner im Ordensstifte zu St. Peter in Salzburg, wo sich eine vollständige Sammlung der Compositionen Michael H.'s befinden soll, folgendes Werk: „Michael Haydn's Partitur-Fundament" (Salzburg 1833, Oberer'sche lithogr. Anstalt, kl. Qu. Fol., 2 Bl. Tit., Vorw., Regeln und 74 Seiten Partimenti und 1 Blatt Anmerkungen) heraus. Die auf dem Titelblatte befindliche Vignette stellt Michael H.'s Denkmal in der Kirche zu St. Peter in Salzburg vor. Auch befand sich zur Zeit seines Todes im Besitze eines seiner Salzburger Freunde eine Original-Handschrift Haydn's, enthaltend das ganze Antiphonarium mit unterlegtem bezifferten Grundbaß in 196 klein geschriebenen Seiten, welches am 27. Mai 1792 vollendet war, von Kennern als gute Uebung im bezifferten Grundbaß und als einer der größten musikalischen Schätze bezeichnet wird.

I. **Michael Haydn's Compositionen.** Nur ein ganz kleiner Theil derselben erschien im Drucke. Vortheilhafte Anträge — es ist eine Correspondenz zwischen Michael H. und den Verlegern Breitkopf und Härtel in Leipzig vorhanden, die dieß bestätigt — schlug er in seiner Apathie gegen alle Vergoldung und Versilberung seiner Production beharrlich aus. Desto mehr calculirten gewinnsüchtige Copisten darauf; sie versendeten die Abschriften seiner Meisterwerke weit und breit herum, und ein Biograph Haydn's schreibt sogar: „So kann man wirklich einen Catalog von Johann

Michael Haydn's Werken im Original aufweisen, womit ein gewisser feiler Speculant zum sichtlichen Schaden des rechtmäßigen Eigenthümers in die nahen und fernen Gegenden handelte". Von Michael Haydn's Werken sind bekannt (die im Drucke erschienenen sind mit einem Stern (*) bezeichnet). *„Vier deutsche Choralvespern über die bekanntesten Vollkommenheiten Gottes, welche bei dem öffentlichen Gottesdienste anstatt der lateinischen Vesper, und zwar nach eben denselben Tönen, in welchen die Psalmen darin angestimmt werden, abgesungen werden können. Herausgegeben von J. B. Deyisch. In Musik gesetzt von u. f. w." (Salzburg 1795, 9 Bogen in Fol.). Dieses Werk enthält 12 Psalmen oder Wechselgesänge und ein Magnificat für zwei Singstimmen, welche aber einander nur wiederholen, nie zusammentreffen, den Generalbaß für die Orgel, und noch zwei Horn- und Trompetenstimmen. H. hat zu diesen alten, größtentheils litaneimäßigen Melodien nur einen neuen Generalbaß gesetzt; da es aber nicht leicht ist, zu solchen von Melodie entblößten, auf einem Tone fortgehenden Gesängen abwechselnde Harmonien mit Geschmack und in entsprechender Weise zu setzen, so wird diese Arbeit immer als Muster in ihrer Art angesehen, und für jene, welche Harmonie studiren, eine Vergleichung dieses Werkes mit Bach's Litaneien eine gute Studie sein. — *„Deutsches vollständiges Hochamt mit vier Singstimmen, zwei Hymnen und Orgel" (2. Aufl. Salzburg 1797, Fol.). — *„VI Sonaten für Geige und Bratsche". 2 Lieferungen (Augsburg 1794, Gambart). — *„Lateinische Messe für vier Singstimmen, zwei Violinen, Bratsche, Baß, zwei Hörner und Flöten" (ebenda), wird als H. Lieblingsmesse bezeichnet. — *„Ouverture à 2 V. 2 Ob. 2 Fag. Fl." etc. (gr. Fol., 1797). — *„Ouvert. arrangée p. le Clav." (gr. Fol., 1797) wahrscheinlich die vorige. — *„XII Menuetten für große Orchester" (Augsburg 1795, 4½ Bogen). — *„III Simf. aus B. à 11, aus D-mol à 13 und aus C à 14, Op. 1" (Wien, Artaria, 1793). — *„Karl der Held", ein Gesang zu vier Männerstimmen ohne Begleitung (Salzburg 1800). — *„Willkommen im Grünen", ein Gesang zu vier Männerstimmen ohne Begleitung. Nr. 2 (ebd. 1800). — *„VI deutsche Canons zu vier und fünf Stimmen ohne Begleitung". 1. Heft (ebd. 1800). — „III Simf. à gr. Orch., darunter die Schlittenfahrt" (Mspt.). — „VIII Quint. à 2 V. 2 A., et

Vc. Darunter Nr. 4 mit einem Horne; Nr. 6
à V. Ob. Fag. Viola et Vc., und Nr. 8 à V.
Clar. Corno 2do, Fag. et A." (Mspt.). —
„III Quart. à 2 V. A. et Vc." (Mspt.). —
„Trio à V. A." (Mspt.). — „VI Sonat. à
V. et A." (Mspt.). — „Requiem, in Es. à
4 Voci, 2 V. 2 Tromb. e Organo" (Mspt.).
— „Offertorium do S. Trinit. à 4 Voci, 2 V.
Viola, 2 Clar. Tymp. e Organo" (Mspt.). —
„Neue Messe, für die Kaiserin geschrieben und
zu Larenburg am 4. October 1801 zum ersten
Male aufgeführt". — *„Suite von Violin-
quintetten (Wien 1803, Induſtr. Compt.). —
„III Violinquartetten" (ebd. 1802). — „Ro-
mance und Adagio für Hörner", 2 V. Br. und
B., Op. 2. — „Missa à duo cori", genannt
die ſpaniſche Meſſe, weil er ſie für den König
von Spanien geſchrieben hat. Die Partitur
davon beſaß Herr Kühnel (Mspt.). —
„Missa in C". — „Motetto in G", beide
Nummern beſaß Kühnel (Mspt.). — „Motetto à Alto solo" (Mspt.). — „Due Litanie
del Venerabile Sacramento. Nr. 1. 2."
(Mspt.). — „Offertorium, à B. conc. et
4 Voci" (Mspt.). — „Cantata: Quae moesta
terra" (Mspt.). — „Missa pro defunctis, in
C min." (Mspt.). — „Offertorium: Tres sunt
etc." (Mspt.). — „L'Endimione" (Mspt.).
— „Requiem, in B-Partitur" (geſtochen),
bei Kühnel). — Als in ſeinem Nachlaſſe
befindlich, der ſpäter von der Witwe dem
Fürſten Nikolaus Eſterházy übergeben
worden, verzeichnet die von des verklärten Ton-
künſtlers Freunden herausgegebene „Biographi-
ſche Skizze" (Salzburg 1808, Mayr'ſche Buchhandlung, 8°.) S. 60, noch folgende Werke:
A. Kirchenmuſik, mit lateiniſchen Worten.
20 Meſſen nebſt einigen Gloria und Credo;
16 Offertoria; 114 Gradualien. Ueber die Ent-
ſtehung dieſer Kirchentonſtücke iſt Einiges zu
bemerken: Erzbiſchof Hieronymus (Graf
Colloredo), durch die kirchlichen Reforma-
tionen in Salzburg unvergeßlich, ertheilte H.
den Auftrag, an die Stelle der Symphonien,
welche während des Hochamtes zwiſchen der
Epiſtel und dem Evangelium in wenig erbau-
licher Weiſe und den andächtigen Beter ſtörend
vorgetragen zu werden pflegen, entſprechende
Tonſtücke einzuſchalten. Haydn nahm nun
den Text aus dem Graduale im römiſchen
Miſſale, d. i. nämlich das Halleluja und die
Reſponſorien, welche der Prieſter nach der
Verleſung der Epiſtel und vor der des Evan-
geliums mit dem unter ihm ſtehenden Chore
wechſelweis ſingt, und bearbeitete ihn für die

gewöhnlichen vier Singſtimmen, zwei Violinen
(hie und da auch mit Blasinſtrumenten) und
die Orgel; ſo entſtand das erſte Graduale am
24. December 1783, welchem eine Menge
anderer in ununterbrochener Reihe folgte, ſo
daß ſich in ſeinem Nachlaſſe die obige Zahl von
114 für alle Sonn- und Feſttage vorfanden;
9 Litanie; 5 Te Deum; 3 ganze Veſpern und
1 Dixit insbeſondere; 4 Tantum ergo;
5 Responsoria; 2 Completoria; 2 Tenebre,
mit 4 Singſtimmen und Orgel; 2 Stella coeli,
auch für 4 Singſtimmen und Orgel; 2 Regina
coeli, mit Inſtrumentalbegleitung; 1 Alma;
1 Ave Regina, und 1 Salve Regina, alle
3 mit Inſtrumentalbegleitung. B. Kirchenmuſik, mit deutſchen Worten. 4 Meſſen,
1 Arie, 1 Litanei, 1 Te Deum, 4 deutſche
Choralveſpern, 1 Segen, 1 Regina coeli,
1 Oelberg-Andacht, mehrere Geſänge mit
und ohne Inſtrumentalbegleitung. C. Oratorien und Opern. Der büßende Sünder.
Oratorium; — Der reumüthige Petrus. In
zwei Theilen. Oratorium; — Der Kampf der
Buße mit der Bekehrung. Oratorium. — Die
Opern: Andromeda et Perseo. Drama in
2 Atti; — Patritius, der engliſche Patriot;
— Tapferkeit; — Der fröhliche Wiederſchein.
D. Cantaten und Lieder: Jubelfeier; An die
Frau Aebtiſſin am Nonnberge; Liedchen für
den Feldwebel und Lied der Recruten; Chor
der Prieſter; 30 deutſche vierſtimmige Lieder,
darunter: Feierabendſtunde, Die verlaſſene
Mutter mit ihrem Säugling am Strome,
Abſchiedslied an Herrn von Moll, Freiheits-
baum der Schweizer, An alle Deutſche, An
unſere Gärten, Im Grünen, Das Landleben,
Einladung zum Landleben, An den Hain zu
Aigen, An Sie, Zu Ihr! zu Ihr! Anläßlich
dieſer Lieder verdient bemerkt zu werden, daß
Haydn mit Rückſicht auf den Umſtand, daß
die vier gewöhnlichen Singſtimmen nicht
immer noch überall nach Wunſch zu haben
ſind, ſeine Lieder für vier gleiche Männer- oder
Frauenſtimmen geſetzt hat. Der Umfang der
Töne reicht daher in denſelben von F-ā oder
f-ā. — E. Andere Werke: 30 Symphonien,
2 Partite; 1 Serenata; 1 Concerto por il
flauto; 1 Pastorello; 2 Divertimenti à 6
stromenti; 3 Divertimenti à 5 stromenti;
2 Quintetti; 3 Notturni à 5; 1 Parthia
à 5 Instromenti (2 Clarinetti, 2 Corni e
Fagotto); 1 Concerto por il Violino;
1 Quartetto (Violin, engliſches Horn, Violon-
cell und Violon); 7 Märſche; 9 Partien
Menuetten; 1 Partie engliſcher Tänze; mehrere

Canons. Außerdem sind von ihm bekannt 2 Requiem, ein älteres, welches vollendet ist, und ein zweites, im Auftrage der Kaiserin geschriebenes, wobei ihn, wie den unsterblichen Mozart, die Ahnung beschlich, er schreibe dieses Werk zu seiner eigenen Todesfeier, was auch wirklich der Fall war. Dieses zweite ist unvollendet geblieben; es sind nämlich nur Introitus und Kyrie vorhanden. Seine Absicht, eine Fortsetzung zur „Schöpfung" seines Bruders Joseph zu schreiben, schien an Mangel eines guten Tertes gescheitert zu sein, der ihm zur guten Composition unerläßlich schien und seine kirchenmusikalische Richtung, die der Terte leicht entbehrt, zunächst erklären mag.

II. Zur Biographie Michael Haydn's. Es findet sich hie und da der 11. September 1737 als J. M. Haydn's Geburts-, und der 8. August 1806 als sein Todestag angegeben; beides ist unrichtig. Die ausführlichsten Mittheilungen über Michael Haydn's Leben gibt bisher das Schriftchen: Biographische Skizze von Michael Haydn. Von des verklärten Tonkünstlers Freunden entworfen und zum Besten seiner Witwe herausgegeben (Salzburg 1808, Mayr'sche Buchhandlung, 8°., mit dem Bildnisse) [dieses letztere ist eine Profil-Silhouette]. — Zerstreute Nachrichten, oder kürzere Biographien, Nekrologe, Episoden aus seinem Leben enthalten folgende Journale und Druckschriften: Annalen der Literatur und Kunst in dem österreichischen Kaiserthume (Wien, Doll, 4°.) Jahrg. 1809, Intelligenzblatt, August, Sp. 65—88. — Salzburgisches Intelligenzblatt vom 23. August 1806, Nr. XXXIV. — Nachricht über das Erzstift Salzburg nach der Säkularisation (Passau 1803). Bd. I, S. 139. — Ersch und Gruber, Allgemeine Encyklopädie der Wissenschaften und Künste (Leipzig, Brockhaus, 4°.) II. Section, 3. Theil, S. 256. — Pillwein (Benedikt), Biographische Schilderungen oder Lexikon Salzburgischer, theils verstorbener, theils lebender Künstler, auch solcher, welche Kunstwerke für Salzburg lieferten (Salzburg 1821, Mayr'sche Buchhandlung, 8°.) S. 88—96. — Allgemeine musikalische Zeitung, IX. Jahrg. Nr. 4, S. 58. — Gerber (Ernst Ludwig), Historisch-biographisches Lexikon der Tonkünstler (Leipzig 1790, Breitkopf, Ler. 8°.) Theil I, Sp. 613. — Desselben Neues historisch-biographisches Lexikon der Tonkünstler (Leipzig 1812, A. Kühnel, gr. 8°.) Theil II, Sp. 531. — Leipziger musikalische Zeitung, Jahrg. VI,

S. 430. — Zeitschrift für Teutschlands Musikvereine und Dilettanten, Bd. II, S. 400 und 402 [enthält die Abbildung und Beschreibung des Haydn'schen Monumentes in der Peterskirche in Salzburg]. — Baur (Samuel), Allgemeines historisch-biographisch-literarisches Handwörterbuch aller merkwürdigen Personen, die in dem ersten Jahrzehend des neunzehnten Jahrhunderts gestorben sind (Ulm 1816, Stettini, gr. 8°.) Bd. I, Sp. 563. — Nouvelle Biographie générale ... publiée par MM. Firmin Didot frères, sous la direction de M. le Dr. Hoefer (Paris 1850 et seq., 8°.) Tome XXIII, Sp. 638 [mit der irrigen Angabe des 16. September 1737 als Geburts- und des 18. August 1808 als Todestag]. — Gaßner (J. S.), Universal-Lexikon der Tonkunst. Neue Handausgabe in Einem Bande (Stuttgart 1849, Frz. Köhler, Ler. 8°.) S. 418. — Universal-Lexikon der Tonkunst. Angefangen von Dr. Julius Schladebach, fortgesetzt von Eduard Bernsdorf (Tresden, Arnold Schäfer, gr. 8°.) Bd. II, S. 338. — Oesterreichische National-Encyklopädie von Gräffer und Czikann (Wien 1835). Bd. II, S. 523. — Brockhaus' Conversations-Lexikon, 10. Auflage, Bd. 7, S. 513. — Bagge, Deutsche Musikzeitung (Wien, 4°.) I. Jahrgang (1860), Nr. 12, S. 94: „Ueber den Werth der Michael Haydn'schen Kirchencompositionen". — Frankl (L. A.), Sonntagsblätter (Wien, 8°.) I. Jahrgang (1842), S. 623: „Salzburg und Nobrau". — Der Gesellschafter oder Blätter für Geist und Herz, herausg. von Gubitz (Berlin, 4°.) 1843, Nr. 149—151: „Die Allgewalt der Töne" [seine Künstlergeschichte, in welcher Michael Haydn eine Rolle spielt].

III. Porträte. 1) Schattenriß von Matzenkopf, mit der Unterschrift: Joh. Michael Haydn (in Medaillenform); auch bei der „Biographischen Skizze"); — 2) J. J. Neidl sc. (Leipzig, Breitkopf, 8°.); 3) Lithographie (Wien, Spina, Fol.); — Haydn's Freund, Pfarrer Weigand Rettensteiner, kaufte dessen Schädel von der Witwe. Ein Porträt in Oel besaß P. Michael Nagnzaun, Benedictiner zu St. Peter in Salzburg; ein zweites besitzt die Gesellschaft der Musikfreunde in Wien.

IV. Grabmonument. Abbildung des Denkmals in der Peterskirche in Salzburg (Wien, Spina) [dasselbe kam durch seines Freundes Rettensteiner Bemühungen zu Stande]. — Miß Trollope in ihrem „Wien und die Oester-

reicher" (1838), Bd. I, S. 145, schreibt über
dieses Denkmal Mich. Haydn's: „Sein Körper liegt am Fuße der Stufen, die von der
kleinen Kirche des h. Ruprecht zu der Capelle
und Zelle des h. Marinus führen; sein Haupt
aber ist in einer Urne von schwarzem Marmor
eingeschlossen, die auf dem Denkmale steht,
welches ihm in der benachbarten Kirche der
Benedictiner errichtet worden ist. Dieses
Denkmal ist vielleicht nicht im reinsten Geschmacke, macht aber dennoch Eindruck. Das
Gestell, welches die Urne trägt, steht auf einem
bemoosten Felsen, auf welchem weiße Marmor-
tafeln angebracht sind, worauf man die ersten
Tacte seiner bewundertsten Compositionen
erblickt. Am meisten ist das Bündel von
kupfernen Strahlen zu tadeln, welches eine
Art Heiligenschein bildet und sich von der Decke
bis zur Urne erstreckt. Das sieht abscheulich
aus . . ."

**V. Urtheile und Charakteristiken Michael
Haydn's und seiner Musik.** In neuester Zeit
erst schreibt Karl Moyses in Bagge's
deutscher Musik-Zeitung (1860) über Michael
Haydn: „Ein schöpferisches Talent kann nur
dann ein wahres und vollendetes Kunstwerk
liefern, wenn es für den zur Behandlung erwählten Gegenstand mit Liebe und Begeisterung
durchdrungen ist. Dieß war nun bei H. der
Fall, der als echter, gläubiger Christ, seinem
Gott und seiner Kirche aus ganzer Seele erge-
ben, fast ausschließlich sein schöpferisches Talent
zu deren Verherrlichung weihte und seinen
Compositionen die ganze Tiefe seiner religiösen
Empfindungen verlieh, welche Gefühle des
Autors bei deren Anhörung auch im Herzen
jedes Gläubigen wieder wachgerufen werden.
Die einfachen heil. Textworte der Kirche, welche
durch das Gepräge ihrer kindlichen Poesie und
durch ihre hohe Beziehung das Gemüth des
Menschen in Anspruch nehmen, waren es,
welche unserem wahrhaft religiösen H. am
meisten zur Bearbeitung entsprachen. Jede
Stelle in seinen Kirchenschöpfungen ist ein
offenes Geständniß seines Glaubens, in jeder
Stelle athmet der Geist des herzlichsten und
feierlichsten Lobes des Allerhöchsten. — Entfernt von dem Streben, mit seinen Compositionen zu glänzen, genügte es ihm, die Herrlich-
keit Gottes durch den Zauber der Harmonien
vor den Herzen einer andachterfüllten Ge-
meine, wo auch diese sich versammeln wollte,
zu entfalten. Diese Anspruchslosigkeit und der
Umstand, daß in seiner Lebensepoche die Auf-
hebung von Stiften und Klöstern erfolgte, in

denen Kirchenmusik allein die wahre Wür-
digung fand, wirkten hindernd an der Ver-
breitung seiner Meisterwerke und legten Hin-
dernisse in den Weg, für seinen von aller
Verschnörkelung und Tändelei entfernten,
einfachen, harmonievollen und originellen
Styl Nachahmer zu gewinnen, oder eingehen-
des Studium seiner Partituren zu bewirken.
— Fröhlich, der Biograph beider Haydn,
Joseph's und Michael's, in der Ersch und
Gruber'schen Encyklopädie, sagt treffend
über die Arbeiten Michael's: „Dieselben
lassen sich von einer doppelten Seite betrachten,
nämlich in Beziehung auf ihren inneren
Werth im Ganzen und Einzelnen oder auf
ihren Nutzen für Kunstbildung überhaupt. In
Hinsicht des ersten Punctes ist zu bemerken,
daß H. von guten Freunden angegangen, welchen er nicht gern etwas abschlug, oft in ungün-
stiger Stimmung componirte. Nicht selten
mußte er Texte bearbeiten, die, wenn auch
gerade nicht schlecht, doch auch nicht Stoff
genug für geistigen Schwung enthielten, ohne
welchen so ruhige Naturen, wie die unseres H.,
das Große, dessen sie dennoch fähig sind, zu leisten
nicht vermögen. Daher oft seine Aeußerung:
„Gebt mir Texte, und verschafft mir die ermun-
ternde fürstliche Hand, wie sie über meinem
Bruder waltet, und ich will nicht hinter ihm
bleiben." Oft trat manches lang dauernde harte
Schicksal sowohl in seinen Dienst- als häus-
lichen Verhältnissen ein, und doch sollte und
mußte er arbeiten. Hatte er auch oft treffliches,
ja sogar den geäußerten Wünschen entsprechen-
des geliefert, so fand er doch nur wenig Ermun-
terung. Von diesem Mangel an äußerer Anre-
gung mag es gekommen sein, daß seine Instru-
mental-Compositionen nicht gleichen Werth
haben, wie seine Gesangwerke, obgleich auch
ihnen feste Haltung, fließender Gesang, hie und
da bedeutender Schwung, gute Behandlung
der Instrumente nicht abzusprechen ist. Ja sie
enthalten einzelne Stellen von großer Wirkung, einen Strom von Begeisterung, welcher
seine große Kraft in den Wendungen und Ver-
flechtungen der Ideen, so wie im kühnen Ein-
greifen derselben ebenso bewährt, als auf der
andern Seite der zarteste Erguß des Herzens
Milde fühlen läßt. Mehr heimisch fühlte er sich,
wenn er einen Text zu behandeln hatte, der
das Gemüth ansprach. Je interessanter die
Ideen, je mehr sie sich dem ewig Wahren,
Guten und Schönen zuwenden, desto besser
seine Bearbeitung. Deßwegen gelang ihm auch
vorzüglich die heilige Musik, in welcher er die

tiefen Gefühle eines warmen Glaubens, seiner reinen Liebe zu Gott und den Menschen, seiner unerschütterlichen Hoffnung, kurz seiner tief-religiösen Begründung ergießen konnte. Daher die bestimmte, würdige, erhabene Sprache, die alle H.'schen Werke dieser Art auszeichnet und sich bald in den reinsten, kindlichen Gefühlen ergießt, die wir in dieser Lauterkeit, man dürfte sagen, in dieser Verklärung selten bei einem Tonsetzer der neueren Zeit finden, bald im Psalmenfluge zum Throne des Ewigen sich erhebt, daher die vortretende Beachtung des Textes, sowie die oft geringere Beachtung der Begleitung, überhaupt der Instrumentalpartie, die er zwar ganz ihrer Natur gemäß behan-delte (er war selbst ein trefflicher Violinist), durch welche er der einfachen Färbung der Singstimmen Bewegung und reicheres Leben verleiht, auch manchen Gedanken mit großer Wirkung hervortreten läßt, indeß nicht so effectvoll, so eingreifend für die Wirkung des Ganzen zu behandeln und anzuwenden wußte, als sein großer Bruder. Was aber den zweiten Punct betrifft, nämlich welchen Nutzen das Studium der H.'schen Werke gewähre, so ist überall tiefgeistige Auffassung des Ganzen, und ebenso geistvolle Unterordnung des Einzelnen; nirgends giebt es etwas Halb-gesagtes. Alle Sätze fügen sich bequem und reihen sich zu einem interessanten und doch dabei klaren Periodenbau; und so wie die Idee im Ganzen und Einzelnen immer mehr hervor-tritt, so entfaltet sich auch das Gemüth in seiner Schönheit und Lebensfülle. In den besseren Werken erhebt sich dieß bis zu den trefflichsten poetischen Bildungen — was hauptsächlich von seinen religiösen Arbeiten gilt; wenn wir hier durch den Strom der Begeisterung mit fortge-rissen werden, wenn uns der Tonsetzer mit den erhabensten Gefühlen erfüllt, uns die großartig-sten Anschauungen vorführt, Geist und Herz mit Allgewalt bewegt, so ist nicht zu vergessen, diese großen Effecte fließen aus seinem kindlichen Gemüthe, in dem sich die stärksten Gegensätze in schönster Harmonie verbanden. Und in dieser letzten Beziehung sind nicht wenige seiner Werke kaum zu überbieten. Mozart und Joseph H., so wie Vogler reichten ihm den Siegerkranz. Besonders interessant aber sind seine Composi-tionen dadurch, daß sie fern von aller Glanz-sucht, keinem Modegeschmacke huldigend, sondern in jenem ernsten Geiste gearbeitet sind, welcher der ewig blühende der Kunst und daher clas-sisch zu nennen ist. In dieser Hinsicht bleiben sie ewige Muster. Seine Tonstücke erfordern

aber sowohl einen gut besetzten Singchor (da sein Hauptaugenmerk auf die Gesangpartie gerichtet war), als einen Vortrag, der mit Wahrheit und vielem Leben die musikalischen Ideen auffaßt und sie mit begeistertem, ganz durchdrungenem Gemüthe darstellt. — Inter-essant zur Vergleichung, wie seiner eigen-thümlichen Anschauung wegen, erscheint das Urtheil Gaßner's. Es möge hier als Er-gänzung und das Studium dieses noch zu wenig gewürdigten und gekannten Kirchen-componisten anregend folgen. Doch muß der protestantische Standpunct, auf welchem Gaßner steht und über katholische Musik urtheilt, nicht übersehen werden. Gaßner schreibt: „Was uns von ihm bekannt geworden (namentlich die Jubilatmesse in C, 1 Salvo Regina, 2 Salvo redemtor, 1 Kyrie und ein-zelnes aus mehreren Messen und Motetten) zeigt uns den geschickten, heiter andächtigen Tonsetzer, der frischweg, und dabei die Aufgabe und den Ort wohlbedenkend, im Dienste der Kirche seinen Gesang ertönen ließ, wie er ihm eben gegeben war, ohne höheren Antrieb und Gedanken (?). Nicht reinere oder tiefere Fröm-migkeit war es, wenn er sich einfacher, mehr im Niveau hervorgebrachter und allbequemer Andächtigkeit hielt, als sein großer Bruder und Mozart, sondern mindere Kraft und Erhe-bung des musikalischen Vermögens, wie sich denn auch in seinen Instrumentalsachen auch das Unverkennbarste, das Naturell des Bru-ders bei unendlich minderer (!) Kraft offenbart. In beider Brüder Kirchensachen ist nicht die Weihe und Salbung der großen, besonders italienischen Meister ihrer Kirche, und noch weniger die Treue und evangelische Tiefe der großen Norddeutschen, sondern vielmehr eine — man möchte sagen idyllische — Naturan-dacht von den frischen, sinnlich erregten, war-men Lebenspulsen des Süddeutschen gehoben. Aber nur im älteren Bruder stürmt und spru-delt diese sinnliche Lebenskraft so gewaltig auf, daß wir uns fast besinnen müssen, ob das auch noch ehrliches Christenthum ist und nicht Thi-baut (Reinheit der Tonkunst) allein es leugnet. Aber eben in diesem natürlich unschuldigen Behagen blieb dem jüngeren Bruder die An-fechtung jenes Nachdenkens über sein Thun erspart, gegen die ein bewußterer Geist sich nur in harte Selbstüberwindung und christlicher Demuth sich aufrecht erhalten kann. Denn nur der christliche Gedanke vermag zu retten, gegen wen sich das Wort der Schrift wendet: Viele sind berufen, Wenige aber auserwählet."